여자, 소리

초판 1쇄 발행 | 2019년 1월 29일

지은이 손솔지
발행인 이대식

편집 김화영 나은심 손성원 김자윤
마케팅 배성진 박상준 **관리** 홍필례
디자인 모리스

주소 서울시 종로구 평창길 329(우편번호 03003)
문의전화 02-394-1037(편집) 02-394-1047(마케팅)
팩스 02-394-1029
홈페이지 www.saeumbook.co.kr
전자우편 saeum98@hanmail.net
블로그 blog.naver.com/saeumpub
페이스북 facebook.com/saeumbooks
인스타그램 instagram.com/saeumbooks

발행처 (주)새움출판사
출판등록 1998년 8월 28일(제10-1633호)

여자, 소리

손솔지 장편소설

차례

1

깨지기 쉬운 유리병

'너 못생겼지?'

키보드 위의 손을 멈추고 다시 한번 질문을 읽었다. 유튜브 채널에 매일 달리는 수없이 많은 댓글 중에 가장 눈에 띄는 질문이다. 영상 속에서 물건을 어루만지고 두드리는 내 손가락을 관찰하면서 얼굴 생김새나 피부에 관해 유추하는 댓글도 있다. 모욕적인 기분이 드는 댓글은 임의로 삭제할 때도 있지만, 그럴 경우 역효과가 나기 쉽다. 삭제한 질문은 작은 불씨처럼 어느새 더 큰 의혹을 가지고 불타올랐다. 그들은 더욱 심하게 반발하며 수십 줄의 댓글을 연이어 달고 내게 온갖 저주의 말을 퍼부었다. 차라리 모욕적인 댓글을 삭제하지 않고 견디는 것이 훨씬 나았다.

'너 엄청 못생겼지? 왜 한 번도 영상에 얼굴 안 찍어?'

외모에 관한 질문에는 답변하지 않는다고 공지사항에 적어두었지만 그들은 멈추지 않는다. 묵묵부답할수록 끈질긴 질문으로 더욱 분노한다. 마치 머리끝부터 발끝, 몸속까지 전부 통틀어서 내 모든 것에 대해 알 권리라도 있는 것처럼 군다. 그리고 내게는 그 어떤 불쾌한 질문에도 하나하나 친절하게 대답해야 할 의무가 있다고 말하며 대답을 강요한다. 그러나 나는 공인도 연예인도 아니다. 유튜브에서 ASMR 채널을 운영하는 평범한 이십대 여성일 뿐이다.

'너 알고 보니 돼지 같은 년이기만 해봐. 가만 안 둘 테니까.'

욕설이 담긴 댓글을 삭제하기 전, 내 눈은 몇 번이고 되새기듯이 그 악담을 읽는다. 일방적인 공격이지만 내가 할 수 있는 대응은 그저 그 단어를 잊으려고 노력하는 것뿐이다. 하지만 아무리 잊어내고 지워내려고 해도 그 욕설들은 소리를 지르듯이 내 머릿속에서 메아리치며 나를 괴롭힌다.

ASMR은 바스락거리는 작은 소음을 만들어내서 그 소리를 듣는 사람들이 평온한 기분을 느끼게 하는 것을 말한다. 거슬리게 느껴지지 않을 정도의 작은 소음이 뇌를 자극해서 기분 좋게 만들어 스트레스를 줄여준다. 사람들은 피로할 때나 집중이 필요한 때, 잠들기 전, 이어폰을 꽂고 바스락거리는 작은 소리에 귀를 기울이며 눈을 감는다.

그건 종이 위를 지나가는 연필의 끄적거리는 소리일 때도 있고, 익숙한 자연 속의 파도 소리, 비가 내려 창문을 두드리는 소리, 혹은 누군가가 과자를 씹어 먹으면서 내는 잇속의 작은 소음일 때도 있다. 일상생활에 방해가 되지 않는 정도의 잔잔한 백색소음을 들으면서 사람들은 도시 속 시끄러운 색색의 강한 소음에 지친 귀를 달랜다.

나는 사람들의 곤히 잠든 얼굴을 상상하면 내 마음이 작은 버터 덩어리처럼 부드럽게 녹아내리는 기분을 느낀다. ASMR에 푹 빠져 있을 뿐, 소음에 대해서 아무것도 모르던 내가 처음 유튜브에 ASMR 채널을 열기까지는 많은 고민이 있었다. 하지만 결국 용기를 낼 수 있었던 것은 평온한 얼굴로 눈을 감은 누군가의 모습에 대한 상상 덕분이었다.

욕설과 무례한 질문만으로 도배된 댓글 사이에는 진실로 감사를 전하는 청취자들의 메시지가 군데군데 숨어 있다. 오늘 하루 어떤 힘든 일이 있었는지, 어떤 악몽이 괴롭혀서 잠을 설쳤는지, 누가 자신을 울게 했는지, 나에게 전부 털어놓는다. 그들은 얼굴도 모르는 나에게 속마음을 이야기한다. 그리고 내가 만들어낸 작은 소리들이 자신을 얼마나 행복하게 했는지 고백하며 내 방송 채널에 응원의 말을 남긴다.

불 꺼진 도시의 아파트 속 작은 창문들 중 어느 방엔가 나의 청취자가 있다. 내 영상의 소리를 들으며 잠드는 누군가가 있기 때문에 나는 계속 ASMR 채널을 운영하고 싶어진다. 지금처럼 잠들지 못하는 새벽, 사위가 조용한 가운데에 녹음하는 순간이 좋다. 이 소리를 들으면 누군가는 자르르 굴러다니는 유리병 속 얼음 조각이 된 것처럼 유유히 잠들겠지. 그 생각을 하면, 한 시간 내내 반복해서 유리병 두드리는 일도 견딜 수 있다.

투명한 얼음을 넣은 유리병은 간지러운 소리를 낸다. 마이크에

병을 더 가까이 가져가며 살짝 흔들어주면, 구슬이 자르르 굴러가는 것처럼 기분 좋은 미음이 선명하게 들려온다. 구독자들은 야근과 수험으로 피로해진 정신을 잠재우기 위해서 이어폰을 낀 채로 눈을 감는다. 묵직한 눈꺼풀과 시끄러운 소음으로 지쳐 있던 귓속으로 자르르 자르르 유리병에 얼음 조각 부딪히는 소리가 흘러들어간다.

녹음 화면의 시간이 삼십 분을 넘어가는 시점에 얼음이 녹은 유리병 안을 비워냈다. 그리고 빈 유리병의 매끄러운 표면을 손톱 끝으로 두드리자 청명한 소리가 났다. 가수면 상태에 빠지기 시작한 그들의 귓가에 거슬리지 않을 정도로 가볍게 병을 두드린다. 이 속삭이듯 작은 소음이 그들을 깊은 수면 속으로 데려갈 것이다.

자르르 자르르 자륵 자르르 자르르.

'신체 사이즈 좀 알 수 없을까요? 유투버님이 어떻게 생겼는지 모르니까 소리에 집중이 안 돼요. 청취자로서 부탁드립니다.'

'도대체 얼굴 왜 안 보여주는데?'

'댓글 신고당해서 아이디 새로 팠다. 구독자를 변태 취급하고 제정신인가?'

'누가 팬티 보여달라고 했나? 그냥 체중 물어본 건데 왜 대답을 안 하시죠?'

'ASMR 유투버가 자기 혼자인 줄 아나. 청취자 의견 묵살하고 이 바닥에서 살아남을 거 같냐?'

수많은 댓글들이 고요한 밤, 머리 위로 떠오른다. 눈을 지그시 감았다가 뜨지만 그래도 마음이 가라앉지를 않는다. 잡념이 많은 상태로 녹음을 할 경우에 소리가 깔끔하게 담기지 않을 때가 많다. 새벽 도로를 가르는 오토바이 엔진 소리나 방 안의 선풍기 소리가 아니더라도 내 마음에서 흘러나오는 잡념이 섞이는 기분이 든다. 결국 녹음 중지 버튼을 누르고 유리병을 내려놓았다. 테이블 위에 잔 물기를 남기는 투명한 유리병을 보면서 나는 어린 날의 기억을 떠올렸다.

　"다들 유리병 준비해 왔지?"
　열두 살의 나는 투명한 유리병 속을 들여다보고 있었다. 손끝으로 유리병을 두드리며 귀를 기울였다. 주변의 소란스러움을 모두 차단하는 그 작은 소리가 좋았다.
　고운 색모래와 조개껍질, 구슬 등을 채워 넣어서 어항 모양의 양초를 만드는 공예 수업이었다. 나는 파란색 모래와 분홍색 모래를 번갈아 유리병 안에 조심스레 쏟아 넣으며 석양이 지는 바닷가를 떠올렸다. 언젠가 본 드라마에서 주인공 커플은 물감 섞인 듯 석양이 울긋불긋한 바닷가를 손을 잡고 걸어갔다. 나는 시끄러운 교실 안에서도 그런 낭만적인 생각에 이따금 빠져드는 아이였다.
　엇갈린 모양으로 쌓은 알록달록한 색모래 위에 작은 조개껍질을 올려 모양을 잡았다. 벌써 그사이에 심지까지 꽂아 넣고 교실 앞쪽으로 줄을 서서 선생님이 유리병 안으로 뜨거운 젤 왁스를 부어넣어 주기를 기다리는 아이들도 있었다. 나는 조개껍질 두 쪽으로 하트 모양을 만들기 위해서 유리병 안에 손가락을 구부려 넣고 신경을 쏟았다.

그때 가느다란 손가락이 내 등짝을 칠판이라도 되는 듯이 슥, 긋고 지나갔다. 얇은 티셔츠 위로 힘주어 긋는 손가락의 감촉이 갑작스럽게 느껴지자 소름이 돋았다. 나는 어깨를 떨며 뒤돌아보았다. 평소에 말을 잘 섞지 않던 남자애 하나가 팔을 쭉 뻗은 채로 저만치 유유히 걸어가고 있었다. 나는 눈을 가늘게 뜨고 날카롭게 물었다.

"뭐야?"

"아무것도 아냐!"

제 무리로 돌아간 남자애는 내 쪽을 돌아보며 무심하게 고개를 저었다. 그러고는 무리 안의 다른 남자애들과 속닥거렸다. 그들은 나를 흘깃거렸다. 그 애들의 입가에 걸쳐진 기분 나쁜 웃음. 무슨 얘기를 하는 걸까. 등허리에 남아 있는 손가락의 감촉이 소름 끼쳤다. 하지만 나는 왜 기분이 나쁜 건지 알 수 없었다.

나는 자꾸만 구부러지는 심지를 잘 꼬아서 모래 사이로 비벼 넣었다. 내 곁에 다가와 앉은 친구는 아직 미지근한 유리병을 조심스레 두 손으로 들고 있었다. 이미 유리병 안 가득 채워 넣은 젤 왁스가 굳어가고 있었다. 투명한 액체 사이로 기포가 올라오는 걸 보니 인어공주가 헤엄치며 지나가다가 한숨을 내쉰 모양이었다. 그 아름다운 유리병 안을 구경하고 있자 친구가 머리띠를 고쳐 쓴 뒤에 내 귓가에 손바닥을 대고 속삭였다.

"내가 아직 너한테는 말 안 했지?"

"뭘?"

"나 어제부터 그거 입는다?"

"그거?"

"브래지어."

조그맣게 속삭이는 그 목소리는, 너무나도 비밀스러워서 귓가에 닿자마자 물에 닿은 솜사탕처럼 공기 중에 녹아버렸다. 우리 둘은 혹시 누가 엿들었을까 봐 주변을 살펴봤다. 교실 안에는 젤 왁스의 묘하게 메스꺼운 냄새와 시끄러운 아이들의 목소리가 여기저기 사방으로 흩어져 있었다. 선생님은 아이들이 자유롭게 작품을 만들 수 있도록 미술시간에는 소란스럽게 구는 것을 봐주는 편이었다. 그래서 아이들은 미술시간이 되면 마치 저학년으로 돌아간 것처럼 떠들고 교실 안을 돌아다녔다. 아무도 우리의 이야기를 엿듣지 못했다. 나는 눈을 빛내며 빨간 체크무늬 원피스를 입은 친구의 어깨와 가슴 부분을 흘깃거렸다. 겉으로는 아무것도 달라진 것이 없었지만 어쩐지 표정에서 성숙한 분위기가 흘렀다.

"멋지다. 짱이야."

"그치? 우리 언니는 6학년 돼서야 입었다는데, 나는 벌써 입는다?"

"무슨 색이야?"

"핑크색이랑 하얀색 두 개. 키티 그려져 있어."

"진짜?"

"이따가 쉬는 시간에 보여줄게."

그때까지 나는 아직 브래지어를 갖고 있지 않았다. 여름에는 얇은 러닝셔츠를 반팔 티셔츠 안에 겹쳐 입었다. 엄마는 아직 그걸로 충분하다고 말했고 나는 못내 아쉬웠다. 당시 주변 친구들 중의 반

이상은 모두 브래지어를 입고 있었다. 발육이 빠른 애들은 저학년 때부터 이미 브래지어를 입었다고 말했다. 그걸 입는 것이 무척이나 간지럽고 귀찮은 일이라고 누군가는 말했고 모두 맞아, 맞아, 고개를 끄덕였지만 나는 그때까지 그 기분을 알 수가 없었다. 나에게는 끈이 달리고 복잡하게 생긴 속옷이 성숙한 여자들의 특권처럼 여겨졌다.

"어때?"

기대감이 담긴 목소리로 친구가 속삭였다. 화장실 맨 끝 칸의 작은 칸막이 안에서 나는 친구의 원피스 칼라 안을 훔쳐봤다. 납작한 가슴팍을 덮은 브래지어에는 정말 조그맣게 키티 캐릭터가 그려져 있었다.

"좋겠다. 나는 엄마가 나중에 사준대."

"너는 미키마우스 그려진 거 살 거야?"

"응."

"나중에 사면 너도 꼭 나한테 보여줘야 해."

나는 고개를 끄덕였고 약속을 받아낸 뒤에 우리는 화장실 칸막이 안에서 나왔다. 친구가 거울 속의 나에게 물었다.

"이다음에 성교육 수업 있는 거 너도 알지?"

"진짜? 합창 연습하는 거 아니었어?"

"그거 거짓말이래. 남자애들 알까 봐 그렇게 말하는 거래."

"어떻게 알아?"

"은희네 둘째 언니가 말해줬대. 그 언니 6학년이잖아."

친구와 팔짱을 낀 채로 복도를 걸어가면서 소곤거리는 와중에 반대편에서 날아온 축구공이 친구의 어깨를 맞췄다. 아! 소리치며 친구는 두 팔을 교차해서 어깨를 안은 채로 몸을 웅크렸다.

"괜찮아?"

나는 다급하고도 은밀하게 속삭였다. 브래지어를 착용하지 않았을 때와 착용하기 시작했을 때는 다르다. 더 몸이 예민해지고 피부도 약해진다고 믿었다. 그런 이유로 더 몸가짐을 조심해야 한다고 엄마들이 늘 주의를 주었기 때문이다. 친구 또한 은밀한 눈빛을 주며 고개를 끄덕였다.

"병신들! 그걸 피하지 왜 맞냐?"

다시 굴러가는 축구공을 주우며 공을 찼던 남자애는 통쾌하단 듯이 웃었다.

"너 말 다 했어?"

"너 말 다 했어?"

"따라하지 마!"

"따라하지 마!"

"유치하게, 정말."

"유치하게, 정말."

표정이며 말투까지 우스꽝스럽게 따라하는 남자애는 시꺼멓게 그을린 목덜미에 흐르는 땀을 주먹으로 닦아내며 짜증스러워하는 우리의 표정이 즐거워서 참을 수 없다는 듯이 발을 굴려 웃었다. 거울처럼 똑같이 따라하는 그 장난에 지친 친구는 고개를 저으며 내 팔에 다시 제 팔을 끼워 팔짱을 꼈다. 우리는 함께 교실 앞문 쪽으로 걸어갔다. 남자애는 어떻게든 다시 주의를 끌어보려고 온갖 욕을 섞어서 우리의 이름을 불렀지만 수업 시작을 알리는 종이 쳤다. 장난은 끝이었다.

"자, 자, 남학생들은 다 운동장으로 나가고 여학생들만 남아."

"왜요? 얘네만 여기서 뭐 하는데요?"

"남학생들은 밖에서 축구나 농구, 하고 싶은 거 하도록. 체육부장이 애들 책임지고 다 데리고 가. 창고에서 공 꺼내 쓰고 강당에는 다른 수업이 있으니까 함부로 들어가면 혼난다."

"여자애들은 뭐 하냐니까요?"

"박현민, 너 여자애들이랑 있고 싶어서 그래? 왜 그렇게 말이 많아."

"아닌데요, 그냥 궁금해서 그러는 건데요."

"여학생들은 여기서 가정 수업 들을 거야. 사람이 너무 많아서 남학생들은 다른 날에 하는 거니까 그렇게 알아. 다들 5분 안에 운동화 챙겨서 운동장으로 나간다. 실시!"

실내화를 갈아 신으면서 의심스러운 눈길로 자리에 얌전히 앉아 있는 여자애들을 훑어보는 아이도 있었지만, 대부분은 교실 안에서 어떤 지루한 수업을 하든 상관없이 들떠 있었다. 한 시간 동안 밖에서 자유롭게 선생님 없이 공놀이할 수 있다는 것만으로도 충분히 만족하는 듯 보였다. 이미 점심시간이나 방과 후에 함께 축구를 하는 무리가 있어서 아이들은 일사불란하게 움직였다. 서로 팀에 누구를 끼워 넣어줄지 심각하게 얘기하면서 뒷문으로 우르르 빠져나갔다. 선생님은 앞문을 열고 복도에서 뛰지 말라며 한 번 더

주의를 주었다.

자리에 꼼짝 없이 앉아서 아무런 질문도 하지 않은 채 서로 눈치를 보고 있는 여자애들의 대부분은, 알고 있었다. 여자들만의 비밀스러운 수업이 시작되리라는 것을.

곧 처음 보는 성교육 선생님이 앞문으로 들어왔고 담임선생님은 잘 부탁드린다며 고개를 살짝 숙여 인사했다.

"저거, 나 뭔지 알아."

성교육 선생님이 상자 가득 들고 온 포장지를 보면서, 내 옆자리에 다가와 앉은 친구가 속삭였다. 언니가 둘이나 있는 그 친구는 가슴을 조여오는 브래지어 끈을 원피스 겉에서 옷과 함께 살짝 집어 내리고 나서 다시 귓속말을 했다.

"나 예전에 언니가 받아온 거 봤어. 저거 생리대야."

생리대. 나는 아직 그걸 실제로 본 적이 없었다. 엄마는 늘 옷장 속에 생리대를 숨겨놓고 가족 중 아무도 보지 않을 때에 옷 속에 숨겨서 화장실에 가지고 들어갔다.

도서관에서 빌려본 책 중에 생리대의 사용법에 대해 만화로 그려놓은 것을 본 적은 있지만, 실제로 펼쳐보고 싶었다. 그러나 그런 궁금증을 가지는 것 자체가 부끄러웠다. '여자애가 왜 그렇게 성에 관심이 많니?' 그런 의심스러운 눈길을 받을 것이 두려웠다.

"시끄러운 꼬맹이들 나가고 나니까 조용하고 좋다. 그치?"

잔잔한 웃음소리가 교실에 깔렸다. 친밀감을 주려는 그 말투에 공감한다는 듯이 교실 안의 숙녀들은 창 밖에서 패스! 패스! 소리

지르는 '꼬맹이들' 쪽을 간간히 바라보며 고개를 절레절레 저었다. 교실 안에는 낯설 정도로 간지러운 속삭임만 들려왔다. 수업 교재를 준비하는 성교육 선생님을 제외하고는 아무도 움직이지 않았다. 교실에서 가장 목소리가 크고 틈만 나면 욕을 섞은 노래를 부르곤 하던 미진이도 얌전히 두 손을 책상 위에 모으고 앉아 있었다.

나는 책상 아래 두 손을 깍지 꼈다. 그건 남학생들을 비하하는 말이었다. 갑자기 찾아온 성교육 선생님이 '꼬맹이들'이라고 뭉뚱그리는 그 애들 사이에는 어른스러운 애들도 섞여 있었다. 하교할 때마다 저학년 반에 들러서 두 명의 동생을 데리고 집으로 돌아가는 재현이도 거기에 포함되어 있다.

두 동생의 손을 꼭 잡고 횡단보도를 건너는 재현이를 본 적이 있었다. 좌우를 살피면서 동생들의 보폭에 맞춰 천천히 걷는 뒷모습을 보면서 나는 그 애가 멋지다고 생각했다.

아침 조회 시간에 더위를 먹어 주저앉은 아이를 양호실까지 업고 뛰어갔던 반장도 단지 '꼬맹이들'이 아니었다. 교실 안의 '우리'와 그 애들의 다른 점이 있다면 그건 성별뿐이었다. 우리가 여성이고 그들이 남성이라는 것이 차이의 전부였다. 그러나 그들을 '꼬맹이들'이라고 부르는 것으로 나를 비롯한 교실 안의 '우리'가 특별해졌고 더욱 소중히 여겨지는 그 기분이 싫지는 않았다.

소중하게 여겨지고 싶은 욕구가 내게 있다는 것을 그때 처음 알았다. 내 얼굴이나 납작한 가슴, 이름 따위로 놀려지고 욕설을 섞은 노래를 듣는다거나 밀쳐져 넘어지고 무시당하는 일 없이 다정한 눈길을 받고 싶었다. 가만히 두고 바라보는 투명한 유리병처럼,

떠밀면 깨질까 봐 조심스럽게 다루게 되는 사람이고 싶었다.

"다들 하나씩 받았니?"

중형 생리대가 한 팩씩 붙어 있는 생리 다이어리에는 생리대를 광고하는 요정이 그려져 있었다. 분홍색 원피스를 입은 채 하늘을 날고 있는 요정은 꿈을 꾸는 것처럼 행복한 표정을 짓고 있었다. 손 끝에 만져지는 생리대는 폭신하고 요정의 날개처럼 새하얬다. 그때 나는 아직 생리에 대한 환상을 가지고 있었다.

우리는 생리주기를 세고 다이어리에 표시하는 방법에 대해서 배 웠다. 나는 선생님의 설명을 들어도 어째서 수학 공식처럼 복잡한 주기 계산법을 외워야 하는지 이해할 수 없었다. 칠판에 표기된 달 력을 따라 적으면서 나는 생리대를 넣어 다닐 조그마한 파우치를 가지고 싶다는 생각을 하고 있었다. 생리통의 괴로움에 대해서 속 삭이며 서로 공감하는 친구들 사이에서 나는 다리를 앞뒤로 흔들 며 지루한 표정을 지우기 위해서 노력했다.

뱃속의 아기가 점점 자라면서 웅크린 몸을 돌리며 우주 속 비행 사처럼 유영하는 비디오도 시청했다. 엉망으로 빚어놓은 찰흙 덩어 리 같은 아기는 심장박동 소리를 내며 옴찔거렸다. VCR 화면의 볼 륨을 키우며 선생님이 말했다.

"신기하죠? 이렇게 작은데도 살아 있는 거예요. 잘 들어봐요."

경이로운 그 심장박동 소리를 들으며 교실 안의 모두가 숨을 죽 였다. 수많은 소음에 묻혀 잘 들리지 않던 생명의 소리를 발견한 그 감동은 몇 분간 내내 이어졌다. 나는 내 가슴 위에 손바닥을 댔다. 눈시울이 뜨거워졌다. 엄마 생각이 났던 것이다. 내가 작은 덩어리였을 때 엄마도 내 심장박동에 귀 기울였을까.

어쩌면 언젠가 나도 작은 생명 덩어리를 품은 우주 같은 존재가 될지 모른다는 생각에 설레고 한편으로는 두려웠다.

바로 이어지는 영상은 산모가 담배를 피울 경우 태아에게 어떤 영향을 끼치는지를 보여주는 실험 영상이었다. 투명한 실험관 속의 태아 역할을 하는 작은 솜 덩어리가 담배 연기를 안으로 흡수하자 새까맣게 물들었다. 곧 이어서 기형아로 태어난 아기들의 사진도 보았다. 이마가 풍선처럼 부풀어 오르거나 눈꺼풀이 유난히 튀어나온 얼굴, 손가락 개수가 모자란 아기들의 사진을 보면서 입을 막은 아이들의 손 틈새로 비명이 새어나왔다.

"여자가 된다는 것은, 큰 책임감을 가져야 하는 일이에요. 엄마가 될 준비가 되었다는 뜻이니까요."

태아의 심장박동 소리를 들려주면서 그 뒤에 바로 충격적인 사진을 보여주며 흡연을 경고하는 그 방식은 무척 잔인한 것이었다. 그러나 그때의 나는 그저 고개를 끄덕이며 어른이 되어서도 절대로 담배를 피우지 않겠다는 다짐을 했다. 그 책임감에 가슴께를 끈으로 꼭 조여 묶은 것처럼 답답한 체증을 느꼈다.

'여자'가 되기 위해서는 배워야 하는 것도 많았고, 조심해야 하는 것은 더욱 많았다. 앙증맞은 캐릭터가 그려진 브래지어를 입거나 꽃무늬 파우치에 생리대를 집어넣고 다니는 일은, 아주 작은 부분에 불과했다. 여자가 되는 것은, 그렇게 즐거운 일이 아닌 것만은 분명했다.

"자, 이제부터 순결 사탕을 하나씩 나눠줄 거예요."

나는 그날 '순결'이라는 단어를 처음 들어보았다. 다른 아이들은 예전부터 알고 있던 단어인 것처럼 고개를 끄덕였지만 대부분이 그 단어의 뜻을 잘 모른다는 것을 표정만 보아도 알 수 있었다.

"지금 여러분의 몸과 마음 상태는 무척이나 순결하답니다. 맑고 깨끗한 물과 같아요. 불순물이 아무것도 섞이지 않은 깨끗한 물이에요."

칭찬이라고 생각했다. 우리는 홍조가 뜬 얼굴로 수줍게 미소 지었다.

"이 순결함을 절대 잃지 말아야겠죠?"

'순결함'을 강조하는 그 악센트에 아이들은 저마다 다짐하듯이 고개를 끄덕였다. 우리는 무척이나 깨지기 쉬운 유리병이었다. 순결이라는 것은 한순간 잘못하면 산산조각으로 부서지는 성질을 가지고 있었다. 깨지고 나면 아무 소용이 없기 때문에 그전에 소중하게 보관해야 하는 것이다. '깨끗함'은 한번 더러워지면 다시는 되돌릴 수 없는 것이다.

아이들은 맨 앞자리에서 각자 등 뒤로 사탕을 한 알씩 조심스럽게 옮겼다. 사탕에는 순결이라는 단어가 하트 안에 프린트되어 있었다. 나는 그 비닐 포장지 속의 불투명한 우윳빛 알사탕을 신중히 들여다보았다. 알사탕의 중심에 붉은 점 하나가 보였다.

"선생님은 이제 갈 거예요. 그 사탕은 꼭 지금 먹지 않아도 괜찮아요. 하교할 때나 자기 전이나 식사 후에 '내가 내 몸을 순결하고 건강하게 지켜야지' 하고 다짐하면서 먹는 거예요. 아까 선생님이랑 순결 약속, 했죠? 사탕 먹으면서 한 번씩 더 생각하는 거예요, 숙녀분들!"

수업은 평소보다 일찍 끝났고 교실 안의 여학생들은 잠시 서로 속닥거릴 시간이 생겼다. 벌써 사탕을 냉큼 비닐에서 벗겨내 입안에 집어넣은 아이도 있었다.

"무슨 맛이야?"

"자두맛."

나는 사탕을 필통 안에 집어넣었다가 창밖에서 "반칙! 반칙하지 마!" 하고 소리 지르는 익숙한 남자애들의 쉰 목소리에 놀라, 사탕을 필통에서 꺼냈다. 운동장에서 돌아온 그 아이들이 절대로 열어보지 않을 책가방 앞주머니에 다시 사탕을 소중히 집어넣었다.

"야, 너네 이거 먹지 마. 안에 빨간 거 생리할 때 나오는 피래!"

소리친 아이는 나와 그다지 친하지 않았던 경선이었다. 이모가 해줬다면서 손톱에 새빨간 매니큐어를 바르고 학교에 와서 담임선생님에게 호되게 혼난 적이 있는 아이였다. 교실 여기저기에서 새된 비명이 들려왔다.

맨 뒷자리의 쓰레기통 옆에 앉은 아이는 당장 사탕을 비닐에 뱉어 쓰레기통에 던져 넣었다. 포물선을 그리며 파란 쓰레기통 안으로 알사탕이 들어가자마자 사탕을 이미 전부 씹어 먹은 아이가 자리에서 벌떡 일어섰다.

"누가 그래! 웃겨, 정말. 어른이 왜 우리한테 그런 걸 주겠냐?"

"어른이 주면 다 좋은 건 줄 알아? 바보야?"

"그냥 어른 아니고 선생님이거든? 그리고 그거 그냥 자두맛이었거든?"

"원래 피 한 방울은 아무 맛 안 나거든?"

"그걸 네가 어떻게 알아?"

"왜 몰라? 그리고 이런 거 기도하면서 먹는 건 사이비 종교같이 이상한 데에서만 하는 거야. 순결 약속 하는 것도 사이비야! 이상한 거야!"

"이상한 건 바로 너겠지! 그럼 이경선 너는 순결 안 지킬 거야?"

"내가 지키든 말든, 네가 무슨 상관인데?"

"너 그러면 여자인데 순결 안 지킨다는 거야?"

"그래! 어쩔 건데? 그리고 왜 여자들만 순결 지켜야 하냐? 남자들은? 난 억울해서 싫어!"

"너 선생님한테 이를 거야. 그러면 너네 엄마도 알게 될걸?"

"뭐라고 이를 건데? 사탕 안 먹었다고? 그런 거 순결이랑 아무 상관 없거든? 그리고 어차피 나중 되면 순결 지키는 게 더 바보 같거든? 뭘 알지도 못하면서 까불어."

경선이가 머리로 치받을 듯이 성큼 다가가면서 말하자 반대편은 눈물을 글썽거렸고 그러므로 이미 싸움의 결판은 나 있었다. 경선이는 다시 자리에 앉으면서 순결 사탕에 대한 진위 여부를 확인하고 싶어서 제 쪽으로 다가오는 애들에게 귀찮다는 듯이 손을 내저었다.

"먹고 싶으면 먹어! 피 한 방울 먹는다고 죽지는 않으니까."

믿을 수 없는 이야기를 들은 뒤, 교실 안의 아이들은 서로 눈치를 보면서 사탕을 주머니에 집어넣었다. 나는 책상 옆에 걸어놓은 책가방의 앞주머니 쪽으로 시선을 두었지만, 일단 사탕을 버리지 않고 그대로 두었다. 나도 경선이의 얘기를 듣기 전까지만 해도 자기 전에 순결을 다짐하면서 사탕을 입에 넣을 생각이었다. 그러나 그 말을 듣고 나자 고민되었다.

'그런 거 순결이랑 아무 상관 없거든?'

경선이의 말을 머릿속에서 곱씹다가 나는 짜증이 일었다. 왜 그런 알 수 없는 말을 하는 걸까? 선생님 같은 어른이 거짓말을 할리 없고, 틀린 말을 할 리도 없다. 나는 늘 그 애가 너무 불량하고 버릇없으며 쓸데없는 고집이나 부리는 문제아라고 생각하고 있었다. '순결을 지켜야 한다.' 누가 들어도 옳고 바른 명제였다. 그런 정답에 의문을 가지거나 반대되는 말을 하는 것은 못된 짓이다. 그러나 악마의 속삭임처럼 그 애의 말이 자꾸만 내 마음의 확신을 갉아먹었다. 나를 쓸데없는 고민에 빠뜨리는 그 애가 미워졌다.

지금 생각해보면 경선이는 어렴풋이 '뭘' 알고 있었던 것 같다. 그러나 무조건적인 믿음이 진실하고 아름다운 것이던 그 시절, 나는 그 애를 멀리해야겠다는 생각을 했을 뿐이다.

옆자리에 앉아 함께 성교육 수업을 들었던 친구는 다이어리 속지를 팔랑거리며 한숨을 내쉬었다.

"넌 어떻게 할 거야? 사탕 버렸어?"

"아니, 가방에 있어."

"버릴 거야?"

"모르겠어."

"그래도 난 이따가 먹으려고. 언니들도 예전에 먹었대."

나는 걱정스러워하는 그 애의 표정에 고개를 끄덕여주었다. 경선이의 말 때문에 사탕을 먹고 싶지 않은 표정이었지만, 언니들과 똑같은 절차를 밟는 게 옳기 때문에 어쩔 수 없이 먹어야 한다고 생각하는 것 같았다. 나는 그 애의 고민을 이해했다. 그리고 언니들이 먹었다면 따라서 먹는 게 맞는다고 생각했다. 우리는 말 잘 듣는 평범하고 착한 여학생들이었다.

그때 수업 끝나는 종소리가 들려왔고 이미 복도 저편에서부터 운동화를 신은 채로 쿵 쿵 바닥을 울리며 뛰어오는 발소리가 들려왔다. 목소리가 큰 미진이가 민첩하게 다이어리와 생리대를 서랍 안으로 밀어넣으며 소리쳤다.

"야, 애들 온다! 숨겨! 다 숨겨!"

나는 그때까지 아직도 책상 위에 올려놓고 있던 생리대와 다이어리를 황급하게 가방 안으로 넣었다. 마음이 급해서 손이 떨리고 가방 지퍼가 잘 잠기지 않았다. 다른 여학생들도 각각 자리로 돌아가서 생리대를 숨기기 바빴다. 왜 숨겨야 하는지는 정확히 알지 못했지만, 남자애들이 그걸 발견하면 신기하다는 듯이 바라보다가 결국엔 웃음거리로 만들어서 놀려대고 창피를 줄 거라는 사실은 불 보듯 뻔했다. 그리고 선생님들부터 남학생들에게 성교육 사실을 숨겼기 때문에 우리들도 은연중에 이것이 '꼭 숨겨야 하는 것'이라고 생각하고 있었다. 옷장 속에 숨겨두는 엄마의 생리대처럼, 옷 속에 받쳐 입는 하얀 브래지어처럼.

"야, 너네 교실에서 뭐 했냐, 뭐 배웠어?"

"몰라, 그런 거 있어."

땀에 절고 뜨거워진 몸으로 흙먼지를 일으키며 교실로 우르르 돌아온 남학생들은 복도 정수기에서 물을 마시기 위해서 각자 가방 안에서 물컵을 찾기에 바빴다. 정수기 쪽 가까이에 있는 교실 앞문에서 남자 선생님이 큰 소리로 조용히 하라며 남학생들을 혼내는 목소리가 복도로 울려왔다. 축축한 머리카락에서부터 수돗물과 땀방울이 섞여 흐르며 새까만 얼굴에 송골송골 맺혔다.

나는 순결, 생리, 아기, 사탕, 피, 여자의 비밀에 대한 무거운 고민들로 머릿속이 혼란스러웠지만 교실로 돌아온 남학생들은 하나같이 후련한 얼굴을 하고 있었다. 예상치 못한 선물 같은 체육 시간이 무척이나 즐거웠던 것이다. 나는 당장 순결 사탕을 먹어야 하는지 버려야 하는지 고민하는 상황이었고, 여전히 들뜬 채로 게임에 대해 잡담하는 그들이 부러웠다.

"뭐 했냐고. 너네 무슨 초콜릿 먹었다던데."

"아니야."

"거짓말하지 마. 뭐 했냐니까 왜 말 안 해, 빡치게."

"선생님한테 여쭤봐."

나는 쓸데없는 말싸움을 할 기운이 없었다. 당장 오늘 밤, 순결 사탕을 어떻게 할지 결정해야 했다. 미술시간에 만든 유리병 속 어항 양초를 서랍에서 꺼내 두 손으로 만지작거리면서 나는 얇고 긴 한숨을 내쉬었다.

"네 거 깨트려버린다. 빨리 말 안 해?"

유리병을 빼앗아 들고 던지는 시늉을 하는 그 애의 얼굴은 붉게 상기되어 있었다. 그때 나는 생각했다. 내가 많은 것을 참고 위험으로부터 몸을 지켜가면서 겨우 여자가 되는 동안, 남자애들은 뭘 할까? '남자'가 되는 것도 힘든 일일까? 하지만 그런 것에 대해서는 배운 적이 없으므로 나는 알 수 없었다. 그 애들은 마냥 먹고 자고 뛰면서 '꼬맹이들'에 멈춰 있을 것만 같았다. 그렇게 고민 없이 시간이 흘러서 아저씨가 될 것이다.

성교육 수업이 내게 알려준 것은, 남자애들은 절대로 알 수 없는 여자만의 비밀이었다. 그들과 우리 사이의 '벽'이었다.

"셋 셀 동안 말 안 하면 이거 진짜 던져서 깨트려버린다?"

"깨트려봐."

"뭐?"

"대신 깨지면 네가 치워야 할걸?"

"안 치울 거거든, 병신아."

"선생님이 보시면 어차피 네가 치워야 해. 내가 다 얘기할 거니까. 그리고 난 다시 만들면 돼. 그러니까 알아서 해."

냉담한 나의 반응에 더욱 열이 올라서 유리병으로 머리통을 깨버리겠다고 말하는 그 남자애에게서 시선을 돌려서 나는 다음 수업을 위한 교과서를 책상 위에 꺼내 펼쳤다. 겁먹고 두려워하며 울지 않는 나에게 그 애는 유리병을 던질 수 없었다.

쉬는 시간이 끝나기 전에 담임선생님은 교실 안으로 미리 들어와서 여학생들의 표정을 살펴보았다. 나와 눈이 마주친 순간, 선생님은 다정한 미소와 함께 비밀스러운 눈길을 보냈다. 나는 깜짝 놀랐다. 그 간지러운 기분은 대체 뭐였을까. 나는 선생님의 미소에 화답하듯 웃었다.

내가 결국 순결 사탕을 먹어야겠다는 다짐을 하게 된 것은, 선생님의 그 은밀한 미소 때문이었다. 아무리 괴로운 일이 있더라도 그 다정한 눈길을 공유하는 '여자'라는 그룹에 온전하게 속하고 싶은 욕망이 생겼다. 나는 잠들기 전까지 참을 수 없었다. 집으로 돌아가는 길에 혼자가 되자마자 가방 앞주머니에서 사탕을 꺼냈고 누가 볼까 봐 얼른 사탕 비닐을 벗겨서 입안으로 알사탕을 집어넣었다. 익숙하게 먹어온 다디단 자두맛 사탕이었지만 뱃속이 울렁거리는 묘한 기분을 느꼈다.

그리고 다음 날 아침, 허벅지 안쪽이 끈적끈적하게 젖어 있는 기분에 잠에서 깼다. 이불을 젖히자 잠옷 바지의 가랑이 사이가 붉게 물들어 있었다. 요 위에도 도장처럼 얼룩이 찍혀 있었다. 팬티는 이미 검붉은 캐러멜 같은 것으로 찐득하게 녹아 붙어 있었다. 예고 없이 나의 첫 생리가 시작된 것이다. 그 선명한 생명의 색깔과 비릿하고 진한 냄새는 꿈이 아니었다. 신기해서 꾸덕한 그 핏덩어리를 손끝으로 문질러보았다. 넘어졌을 때 무릎의 생채기에서 새어나오는 맑은 피와 질감이 조금 다르지만 분명 피였다. 한 번도 그런 적이 없었는데, 다치지도 않은 몸 안에서 느닷없이 피가 흘러나오고 있었다. 나는 생리 다이어리에 그려져 있던 요정처럼 날아갈 듯 기쁘지는 않았다. 이제부터는 정말 생리대를 가방 안에 들고 다니면서 직접 사용하게 되었다는 생각이 들었을 뿐이었다.

그리고 나는 곧 엄마에게서 브래지어를 선물 받았다. 흰색 하나와 분홍색 하나였다. 돌이켜보면 그때가 '여자'로 살아가기 시작한 첫 순간이었다.

'실례지만 첫 섹스가 언제였나요? 언제 처음 여자가 되셨죠?'

녹음을 다시 시작하기 전, 새로 달린 댓글의 첫머리에 붙은 질문을 바라보다가 웃음이 났다. 예의를 차리는 말투로 포장한 그 직설적인 질문은 의도가 뻔했다. 그들이 원하는 대답을 알면서도 '여자가 된다'는 말의 의미가 내 생각과 너무도 다르다는 것이 우스웠다. 그들이 생각하는 '여자'의 정의는 뭘까? 투명한 벽이 그들과 나 사이를 가로막고 있는 것 같다고 느낄 때가 있다.

녹음 버튼을 누르고 다시 빈 유리병을 두드리기 시작한다. 손톱 끝에 부딪히는 매끄러운 표면은 맑고 투명해서 자칫 잘못 부딪히면 금이 갈 것 같다. 그러나 기껏해야 작은 흠집도 내기 힘들다. 바닥을 향해 세게 던진다면 굉음을 내며 부서지겠지만, 그렇다고 해도 그 형질이 바뀌지는 않는다. 날카롭게 부서진 그 조각들은 전부 반짝이는 유리조각이다.

자르르 자르르 자륵 자르르 자르르.

투명한 그 유리병 속을 들여다보면서 이불 속에서 고민하며 잠 못 이루는 소녀들을 떠올렸다. 그 모든 소녀들은 등을 긁고 지나가는 수많은 손길에 얼마나 많은 상처를 받으며 여자가 될까.

2

가위로 싹둑 잘라낼 수 없는 것

"차라리 죽어버리는 게 낫겠어."

창가를 바라보며 짝이 중얼거렸다. 열다섯 살의 어느 여름날이었다. 보충수업 중이던 따사로운 오후, 졸음과 빼곡한 글씨 사이에 파묻혀 아이들은 말라비틀어진 화초처럼 몸을 비비 꼬았다. 칠판에는 '자습'이란 글자가 흰 분필로 크게 적혀 있었고 교탁 앞은 비어 있었다. 복도를 돌아다니며 감시하는 학생주임의 눈치가 보여서 큰 소리를 내지는 못했지만 문제집 위에 고개를 숙인 채로 저마다 다른 생각 속에 빠져 있었다.

"우리는 평생 여기서 썩을 거야."

비극적인 목소리는 교실 안의 선풍기 돌아가는 소리와 종잇장 넘기는 소리, 책상을 두드리는 볼펜 소리에 섞여 따분하게 들렸다.

나는 모의고사 문제집 사이에 표지를 숨겨 만화책을 읽는 중이었다. 그 속에서 나는 현실과 동떨어진 어느 먼 바다를 점령하기 위해 해적이 되어 싸우고 있었다. 나에게는 칼과 힘이 있고 초능력도 있어서 내 앞을 가로막는 것은 아무것도 없다.

만화책 속에는 교복 치마를 입고 얌전히 책상 앞에 앉아 있는 중학생의 나로서는 절대로 상상하기 힘든 과격하고 신비한 모험이 언제라도 나를 위해 준비되어 있다. 하지만 어차피 '모험'이라는 것은 열다섯 소녀인 내 것이 아니었기에 완전히 그 속에 푹 빠져들지는 못했다. 그런 만화책의 장르 분류 자체도 '소년만화'였다.

나는 자꾸만 한숨을 내쉬는 짝을 더는 무시할 수 없어서 만화책을 덮었다. 짝은 흰 답안지란에 샤프 끝부분을 짓눌러 샤프심을 똑똑 부러뜨렸다. 시간은 녹아서 길게 늘어진 캐러멜처럼 책상에 걸쳐져 있었다. 초침 소리마저 지루함 속에 점점 희미해졌다.

"어차피 졸업해도 또 삼 년 내내 고등학교에서 엉덩이 뭉개고 있다가 어디 점수 맞는 대학 가겠지. 이 굴레는 절대로 벗어날 수 없어. 감옥이야, 감옥."

나는 속삭이며 물었다.

"그래도 대학 가면 좀 다르지 않을까?"

"하! 거기라고 뭐 에버랜드일 줄 알고? 지금보다야 자유롭겠지. 하지만 거기 졸업하면 돈 벌어야 한다니까? 회사 가서 또 이렇게 갇혀 있는 거야. 그러다가 결혼하면 집에 갇혀서 애기 낳고, 그렇게 늙어가는 거지. 소 돼지야, 우리는. 울타리 안에 갇혀서 평생 사는 거야."

"그게 뭐야, 끔찍해."

"그렇지? 그렇게 될 바에야 그냥 죽어버리는 게 낫지 않겠어?"

나는 고개를 끄덕였다. 내 짝은 필통 안에서 반쯤 녹아 납작해진 캐러멜을 포장에서 떼어내어 입안에 넣으며 복도 창문 쪽을 힐끔거렸다. 감시하는 눈길은 없었다. 내 책상 위에도 캐러멜 하나를 올려놓았다. 금박의 포장지가 더위에 녹아 반듯한 모서리를 잃고 뭉개져 있었다. 꼭 금으로 때운 노인의 어금니 같아서 먹고 싶은 마음이 생기지 않았다. 짝은 녹은 캐러멜을 입안에서 우물거리며 말했다.

"우리 엄마는 한 번도 행복해 보인 적이 없어."

"응?"

"울타리 안에 갇혀 사는 인생이 뭐가 즐겁겠어?"

짝은 무단결석을 일삼는 애였다. 오후가 되어서야 불쑥 교실 뒷문을 열고 들어오곤 했다. 그로 인해 교실 안의 모든 시선이 집중되는 일도 두려워하지 않았다. 소심한 나와는 성격이 판이하게 달랐다. 짝은 지각할까 봐 버스에서부터 마음 졸이며 치마가 뒤집히도록 달려서 교문을 통과하는 아슬아슬한 기분 같은 것은 잘 모를 것이다.

항상 진한 눈썹을 밀어올린 채로 불만 가득한 표정을 하고 있는 아이였다. 내 기억 속에서 짝의 그 얼굴이 흥분으로 달아오르던 유일한 순간은, 연극 무대에 올랐던 1학년 축제 때였다. 당시에는 같은 반이 아니었던 짝을 내가 기억하는 것은, 무대에서 쓰러진 줄리엣을 껴안고 괴로움에 몸부림치던 인상 깊은 연기 때문이었다.

'아! 사랑하는 줄리엣! 당신은 왜 아직도 이렇게 예쁘오?'

무대 곁을 지나가려던 나는 처절한 목소리에 발걸음을 붙잡혔다. 강당의 넓은 실내무대는 합창부의 것이나 다름없었기 때문에, 연극부의 공연은 운동장 구석에 조악하게 꾸며진 실외무대에서 꾸며졌다. 다섯 명 정도가 나란히 서면 꽉 찰 정도로 자그맣고 허술한 무대였다. 짝은 술 장식이 달린 광대 같은 의상을 입고 있었다. 하지만 연인을 잃은 슬픔에 짐승처럼 울부짖는 그 연기는 조금도 우스꽝스럽지 않았다.

'눈아, 마지막으로 봐라! 팔아, 마지막 포옹이다! 이렇게 키스하고 나는 죽는다!'

짝은 괴로운 것 같으면서도 마치 그 죽음을 기다려온 것처럼 신명 나게 소리치며 무대 바닥으로 쓰러졌다. 나를 비롯한 대여섯 명의 박수를 받으며 연극은 성공적으로 끝났다. 그러나 총기로 반짝이던 눈빛도 연극과 함께 박수를 받으며 사라졌다.

교탁 앞에 불려나가서 모두가 보는 앞에서 혼나거나 매를 맞거나 벽을 보고 서 있는 정도의 벌은 짝에게는 지루한 일상처럼 보였다. 그 아이가 두려워하는 것이 있다면 바로 그 조연 같은 나날이 아니었을까.

"담임이 또 엄마 모셔 오래. 우리 엄마 배추랑 무 떼어다 팔아서 새벽부터 밤까지 꼬박 바쁘다고 했는데도 막무가내야. 미치겠어."

짝은 캐러멜 포장지를 조그마한 공처럼 손아귀 안에서 구겨 단단하게 뭉쳤다. 그렇게 만든 금박의 작은 공을 엄지와 검지로 튕겨 내 칠판에 맞췄다. 그러고는 다짐하듯이 중얼거렸다.

"난 엄마처럼 살기 싫어. 그럴 바에 죽는 게 나아."

감정 표현이 연극적인 아이였다. 짝은 가슴께의 교복 블라우스를 주름이 질 때까지 꾹 쥐고 있었다. 금방이라도 벗어버리고 싶은 것을 참는 듯이 보였다.

쉬는 시간을 알리는 종이 치자마자 짝은 빈 가방을 든 채로 자리에서 일어났다. 교실 안의 아이들은 겨우 쉴 수 있게 되자, 그대로 책상에 쓰러지거나 괴로운 표정으로 팔을 뻗으며 기지개를 폈다. 쉬는 시간이라고 해봐야 겨우 복도를 걸어 화장실에 다녀오면 끝나는 정도의 짧은 찰나일 뿐이었다.

"지금 가려고? 내일까지 깜지 다 써야 된댔어."

"너 바보지? 그게 싫어서 가는 거야."

"내일 검사할 때 어쩌려고?"

"어쩌긴, 맞겠지. 그래도 죽는 것보단 낫잖아?"

짝은 성큼성큼 교실을 빠져나갔다. 앞코가 거뭇해진 흰 컨버스 운동화의 고무 밑창이 바닥에 닿으며 삐걱거리는 소음을 냈다. 다른 아이들은 짝을 흘끔 바라보고는 시선을 돌렸다. 계속 지켜보다가는 달콤한 일탈에 유혹당할 것을 알기 때문이다. 모두들 교실을 벗어나는 짝의 홀가분한 발걸음이 어떤 기분일지 알고 있다. 뒷날의 후환보다는 당장의 견고한 시간이 더 견디기 힘든 날도 있는 것이다.

교실 안이 소란스러워지기 시작했고 나는 금방 짝에 대한 생각을 머릿속에서 비워냈다. 지루한 시간을 견뎌내기 위한 나만의 방법은, 백지가 되는 것이었다. 머릿속을 비우고 아무 생각도 하지 않는 것이다.

깜지를 쓰는 일도 마찬가지다. 흰 종이에 빼곡하게 영어 단어를 겹쳐 쓰고 나면 손날이 흑연으로 까맣게 번들거리고 팔이 저리지만, 정작 머릿속에 남는 것은 그날 친구와 나눴던 대화나 들여다볼수록 요상하게 느껴지는 글자들의 생김새 같은 것뿐이었다. 몇 시간씩 깜지를 쓰면서 배우게 되는 것이 따로 있다면, 절대로 벗어날 수 없을 것 같은 느리고 느린 시간의 울타리 안에서 견디는 일이었다.

나는 교실 한구석을 지키고 앉아 있는 것이 지겹다고 느끼면서도 한편으로는 내가 속할 곳이 있다는 것에 안심하는 학생이었다. 딱히 열성적으로 이루고 싶은 장래희망도 없었고 성적에 연연할 만큼 내신이 좋지도 못했다. 교실 안에 내가 차지하고 앉을 수 있는 자리 한구석이 있는 것만으로도 만족했다.

그런 내게도 가끔 일탈이 필요했다. 옆자리의 빈 책상을 힐끔거리며 짝이 쏘다니고 있을 어딘가에 나도 함께 가는 상상 같은 것이었다. 하지만 그건 내게 만화책을 들여다보는 것처럼 터무니없는 상상일 뿐이었고 그런 생각만으로도 내겐 너무나 큰 일탈이었다. 누군가 내 생각을 읽고 나를 비웃을까 봐 부끄러워서 나는 주변을 두리번거리며 다시 머릿속을 비워냈다.

"야, 앞머리 잘라줄까?"

뒷자리에서 미용실이 내 등허리를 샤프로 쿡 찌르며 물었다. 뒤돌아보자 그 애는 검지와 중지를 뻗어 브이 자를 만들어 가위처럼 부딪치며 눈을 빛냈다. 뭐든 손에 잡히는 것을 잘라내고 싶어 못 견디겠다는 듯이 눈동자를 빛내며 나를 바라봤다.

뒷자리에 앉은 그 애는 손재주가 좋았다. 특히 가위질이 특기였다. 가끔 반 아이들의 머리카락을 잘라 다듬어주는 일을 하곤 해서 '미용실'이라고 불리는 애였다. 그렇다고 해서 대가로 돈을 받거나 하지는 않았다. 그저 머리카락을 자를 수 있게 해주는 것만으로도 그 애는 충분히 즐거워했다.

나는 그 애의 단골손님 중의 한 명이었다. 내 기억 속에서 언제나 우리는 마주 보며 앉아 있었는데 나는 눈을 질끈 감은 채였다. 우리가 그다지 친한 사이가 아니었던 것만은 분명하다. 하지만 머리카락을 자르기 위해서 단둘이 몰래 교실을 빠져나가 화장실로 향하는 순간만큼은 둘도 없는 단짝처럼 느껴졌다.

그 애는 은빛의 묵직한 가위를 가방 안쪽에 넣어 가지고 다녔다. 선생들은 그 애의 특별한 점을 발견하지 못했다. 미용실은 조용하고 문제를 일으키지 않는 교실 안의 많은 아이들 중의 한 명일 뿐이었다. 수업 시간에는 여느 아이들처럼 눈에 잘 띄지 않는 얌전한 학생이었다.

오직 가위가 그 애를 특별하게 만들었다. 소지품 검사 때 그 애는 가방 속에서 필통과 함께 가죽 케이스로 감싸진 단단한 쇠 가위를 꺼냈다. 플라스틱 손잡이가 달린 문구용 가위와 다르게 묵직하고 위엄 있는 그 가위를 봤을 때 담임의 표정이 어땠나. 날카로운 가윗날을 불편한 눈길로 들여다보며 담임은 다시는 이런 쓸데없고 위험한 도구를 학교에 가지고 오지 말라고 훈계했다. 그러나 쇠 가위는 늘 그 애의 가방 속에 있었다. 영민한 동물처럼 귀가 뾰족한 그

가위를 허리춤에 차고 있을 때 그 애는 표정부터 달라졌다.

나는 그 애가 가위를 드는 순간이 좋았다.

"눈 감아봐."

이마에 닿는 가윗날 끝은 그 애의 손바닥처럼 늘 차가웠다.

"움직이면 안 돼."

조금만 움직여도 뾰족한 가위 날에 이마가 베일 것 같아서 긴장감에 자꾸만 눈꺼풀이 떨려왔다. 가위를 쥔 그 애의 손길은 과감하게 움직였다. 싹둑! 경쾌한 소리와 함께 화장실 타일 바닥으로 머리카락이 잘게 잘려 떨어져 내렸다.

삭 사삭 삭 삭 스슥.

빗질 소리와 내 이마를 털어내는 조심스러운 손길에 저절로 낮은 한숨이 흘러나왔다. 자습 시작을 알리는 차임벨 소리가 조그맣게 화장실 안까지 새어 들어왔지만 나는 조각상처럼 미동도 하지 않고 서 있었다. 그 애는 신중한 표정으로 내 앞머리를 매만졌다. 은빛의 그 쇠 가위는 전문가용이었지만, 그 애의 실수로 머리카락이 삐뚤게 잘린 적도 많았다. 그래도 그 손길에 나를 맡기고 눈을 감으면 마음이 편했다. 속삭이는 목소리처럼 사각거리는 가윗날 소리를 듣고 있으면 잠이 올 것처럼 온몸이 나른해지곤 했다. 냄새를 맡는 짐승의 코끝처럼 차가운 가윗날이 이마에 슬쩍 닿을 때에는 웃음이 나서 견딜 수 없었다.

"간지러워!"

"입 다물어, 머리카락 들어가."

급히 입술을 오므렸지만 키득거리는 그 애의 웃음소리에 나도 모르게 입이 자꾸만 벌어졌다. 입술 사이로 풍선 바람 빠지듯 실없이 웃음이 샜다. 감시의 눈길을 피해 화장실에 숨어 있었기 때문에 큰 소리를 내어 웃을 수 없었다. 만약 큰 소리로 웃는 바람에 학생주임이 화장실까지 뛰어온다면 나는 어중간하게 앞머리가 잘린 모습을 들키게 될 것이다. 참으려고 할수록 그런 상상에서 비롯된 웃음은 자꾸만 몸속을 간지럽혔고 그래서 더 웃음을 참기가 힘들었다. 우리는 서로 마주 보면서 한참을 숨죽여 웃었다.

중학교를 졸업한 후에 그 애가 상업고등학교에 들어갔다는 소식을 들었다. 나는 집 근처의 인문계 고등학교로 진학했다. 그러니 더는 마주칠 일이 없어졌고, 그 소식을 마지막으로 그 애에 대한 관심은 사라졌다. 나에게는 또 다른 세계가 여러 갈래로 갈라지며 내 선택을 기다리고 있었다. 새로운 공간, 수많은 사람들을 만나야 했다. 작은 교실 안의 인연에 대해서 추억하기에는 아직 갈 길이 멀었다. 그 애도 마찬가지였을 것이다. 우리는 스무 살이 될 때까지 한 번도 만난 적이 없었다. 그런데도 미용실에 갈 때면 내 머리카락을 매만지던 간지러운 손길과 그 애의 웃음소리가 이따금 떠오르곤 했다.

대학생 때, 그 애의 결혼식 사진을 봤다. 지인에서 지인으로 이어지는 페이스북 사진을 구경하다가 발견한 것이었다. 나는 그 애를 단번에 알아볼 수 있었다. 흰 면사포와 진한 색조 화장으로도 특유의 간지러운 미소는 가려지지 않았다. 그 애의 잔잔한 웃음소리가 사각사각 가윗날 소리와 함께 귓가에 들려오는 것 같았다.

문득 그 애를 만나야겠다는 생각이 들었다. 어디서 그런 용기가 나왔는지 알 수 없지만 나는 깊이 고민하지도 않고 바로 그 애에게 메시지를 보냈다. 답장이 올 때까지는 조금 초조한 기분이었다. 어쩌면 얘는 별로 나를 만나고 싶지 않을지도 몰라. 그제야 더럭 겁이 났다. 하지만 곧 그 애에게서 나와 만나고 싶다는 답장이 왔다. 우리는 그렇게 갑작스럽게 재회하게 되었다.

"사실 좀 놀랐어."

나이답지 않게 차분하던 그 애의 목소리는 기억 속 그대로였지만 이제 들으니 오히려 그때보다 앳되고 맑게 느껴졌다. 성숙하고 피곤해 보이는 눈빛과는 달랐다.

"사실… 네가 나한테 연락할 줄은 몰랐거든."

당황스러운 기운이 느껴지는 웃음으로 그 애는 내 얼굴 구석구석을 살폈다. 예전과 달라진 부분을 찾는 것일까. 어쩌면 그 애 눈에 익숙한 부분을 찾는 것일 수도 있었다. 나도 그 애의 얼굴을 보며 지난 기억을 떠올리려고 노력했다.

나는 난생처음 사보는 꽃다발을 두 손 가득 껴안고 그 애 앞에 서 있었다. 흰 작약 꽃송이들 사이에 진한 다홍색 양귀비가 섞여 있는 꽃다발이었다. 양귀비 꽃잎이 주름진 채 활짝 피어 있었다. 우리는 할 말을 찾지 못해서 어색한 표정으로 서로를 마주 보며 그저 가볍게 미소 지었다.

우리가 재회한 곳은 경기도 안양의 작은 산후조리원이었다. 엘리베이터를 타고 올라가는 도중, 거울에 비친 내 얼굴은 긴장으로 하얗게 질려 있었다. 복도를 따라 걷는 내내 여기저기서 갓난아이

울음소리가 들려왔다. 일반 병원과 다르게 소독약 냄새 사이에 미미한 젖내가 섞여 있었다. 그런 낯선 냄새가 나를 더욱 긴장하게 했다. 나는 외동이기에 조카도 없었고 갓난아이를 볼 기회가 없었다.

그때 당시 나는 스무 살이었다. 나는 '엄마'라는 직업을 한 번도 꿈꿔본 적이 없었다. 막연히 언젠가는 아이를 갖게 될 거라는 예감이 있었지만 그건 어젯밤에 꾼 꿈보다도 더 아득하고 희미한 상상이었다. 나는 대학을 졸업한 뒤에는 카피라이터가 되고 싶었다. 외국계 광고 회사에 입사해서 이민을 가는 일도 꿈꿨다. 그마저도 희미한 상상일 뿐이었지만 엄마가 되는 일보다는 훨씬 더 현실성 있게 느껴졌다. 아이를 낳고 기르는 일만큼은 최대한 멀리 미뤄두고 싶었다. 개학식 전날에나 펼쳐볼 방학 일기장처럼 내게는 골치 아프고 끔찍한 숙제로 느껴졌던 것이다.

"축하해."

"어머, 꽃 예쁘다. 이런 건 안 사와도 괜찮은데."

꽃다발을 받으며 그 애는 어색한 표정으로 시선을 내려 꽃송이를 살폈다. 산후조리원은 산모와 갓난아이가 머무는 곳이기에 꽃을 선물로 건네기에 적당한 곳이 아니라는 것을, 그때의 나는 몰랐다. 그때까지 한 번도 산모의 병실을 방문해본 적이 없었기 때문이었다. 하지만 내 기분을 생각해서였는지 그 애는 꽃다발을 받으며 조용하게 웃어주었다. 산후조리원의 로고가 프린팅된 푸른 환자복을 입은 채 그 애는 등받이를 비스듬히 세운 침대에 앉아 있었다. 출산한 지 이제 겨우 일주일이 되어간다고 했다. 며칠 밤을 샌 것마냥 얼굴이 부옇게 떠 있었고 무척 피곤해 보였다.

후끈하게 난방을 올린 병실 안은 찜질방 같았다. 아기의 것으로 보이는 용품들이 여기저기 널려 있었다. 출산 선물로는 꽃이 아니라 그런 실용적인 물건을 가져왔어야 하는 게 아닌가 하는 생각이 뒤늦게 들었다. 하지만 다행스럽게도 꽃송이에 코를 가져다대고 향기를 맡는 그 애의 표정이 조금 부드럽게 풀어져 있었다.

"진짜 오랜만이다."

"그러게. 마지막으로 본 게 졸업식이었나?"

"아마도 그랬겠지?"

대화는 금세 끊겼다. 기세 좋게 만나자고 했지만 공통 관심사도, 만날 목적도, 전할 소식도 딱히 없었기 때문에 할 말을 찾기가 힘들었다. 뒷짐을 진 채로 방 안을 둘러보고 있을 때, 그 애가 꽃다발을 무릎에 내려놓으며 불쑥 물었다.

"넌 대학교 다녀?"

"응, 지금은 방학 기간이야. 이제 곧 2학년 돼."

"정말 대학생이구나. 재밌겠다."

"재미는, 그냥 그래. 과제도 많고…… 너 헤어디자이너 됐다는 얘기 들었어."

"헤어디자이너는 무슨! 결혼 전에 몇 년, 그냥 보조였어. 손님들 머리 감기고 드라이기로 말리는 일이 전부였어."

그 애는 뺨이 달아오르는지 손등으로 뺨을 짓눌렀다.

"그래도 멋있다."

"이제 그것도 못하는 걸, 뭐."

혼잣말 같은 그 말을 끝으로 다시 분위기는 서먹해졌다. 그때 노크 소리와 함께 간호사가 흰 담요 더미를 껴안고 나타났다. 갓난아기 젖 먹이는 시간이었다. 나는 어정쩡한 자세로 침대에서 한 발자국 떨어진 곳에 서서 그 애가 침대 헤드에 등을 기대고 아기 젖을 먹이는 모습을 지켜보았다. 조그마한 담요 더미를 팔로 감싸 안은 모습이 벌써 익숙해 보였다. 흰 반죽 주머니 같은 젖가슴을 쭉쭉 끌어당기는 소리에 몸이 굳었다. 빨갛고 조그만 머리가 젖을 삼키며 옴찔거렸다. 그 작은 생명은 기운이 엄청났다. 숨을 내쉬는 것조차도 조심하게 만드는 경이로운 광경이었다.

"이제 자세 제법 안정적이시네요?"

"에이, 그만 놀리세요."

"남편분 오늘도 늦게 오시죠? 이따가 유축할 때는 제가 도와드릴게요."

"네. 저 아까보다 다리 좀더 아픈 거 같아요."

"그래요? 선생님께 말씀드릴게요. 다리 위쪽으로 두는 거 잊지 마세요."

아이를 안고 자연스럽게 대화하는 그 애의 모습을 나는 넋 놓고 바라보며 서 있었다. 그 애는 힐끔 내 쪽을 쳐다보고는 소중하게 감싸 안은 제 아기를 내려다보며 작게 웃음소리를 냈다.

"가까이 와서 봐도 괜찮아."

조심스러운 발걸음으로 다가갔다. 아기는 무언가 마음에 안 드는 듯이 칭얼거리는 소리를 내면서 고개를 움직였다. 젖꼭지에서 입술이 떨어지자 그 애는 아기의 뒤통수를 감싸 쥔 손을 움직여서 다시 아기의 입술이 젖을 물도록 도왔다. 조금 뒤에 다시 아기를 데려가며 간호사는 아기에 대한 이런저런 질문을 했고 그 애는 엄마의 얼굴로 차분하게 대답했다. 아기가 문밖으로 안겨 나가는 순간까지 그 애의 시선은 아기에게 걸려 있었다. 문이 닫히자 산모용 환자복의 옷고름을 잘 동여매며 천천히 침대에서 일어났다. 그리고 작은 냉장고를 열어 주스 캔을 꺼내 내게 건넸다.

"마실 게 이거밖에 없네."

"너 피곤할 텐데 괜히 왔나 봐."

"아냐. 젖 먹일 때 빼고는 늘 혼자 있어서 심심해. 어차피 잠도 깊이 못 자."

"저기, 남편은?"

"일하지. 바빠서 거의 잠만 자고 다시 나가."

머리를 대충 묶고 있던 고무줄을 풀어내자 결이 많이 상한 탈색모가 쇄골 부근까지 내려왔다. 정수리부터 한 뼘 정도 새까맣게 머리카락이 자랐고 그 밑으로는 선을 그은 것처럼 밝은 노란색이었다. 손 갈퀴로 머리를 대충 빗어 내린 그 애는 거울도 보지 않은 채 손목에 걸어 놓은 머리끈으로 다시 머리카락을 하나로 질끈 묶었다. 나는 귀밑 길이로 짧게 자른 단발머리의 중학생이던 그 애를 떠올렸다. 꼬리 빗으로 자주 빗어 내리던 까만 머리카락은 유난히 가늘고 부드러워 같은 반 아이들이 부러워했다.

"기억 나? 예전에 너 내 앞머리 잘라주고 그랬었는데."

"그랬어?"

"기억 안 나?"

"그랬던 것 같아. 가끔 애들 머리 다듬어줬지. 실력도 없는데."

"아냐, 너 잘했어."

"잘하기는, 그냥 멋대로 자른 거지."

"그때 그 가위 진짜 멋있었어. 묵직한 쇠 가위."

"아, 이거 말이야?"

다급히 몸을 숙이며 그 애는 침대 밑에 숨어 있던 짐 꾸러미를 꺼내기 시작했다. 가방 안에는 휴대용 칫솔 세트와 다이어리, 수면 양말 같은 것들이 가득 들어 있었다. 원하는 것을 찾지 못하자 그 애의 손길은 더욱 다급해졌다.

"찾았다."

마침내 그 애가 검은 가죽 케이스 안에서 그 가위를 꺼내들었다.

"그거!"

나는 탄성을 내질렀다. 그 가위를 다시 만나게 될 거라고는 생각하지 못했다. 기억 속에서 무한하게 반짝이던 그 가위는 실제로 다시 보자 탁하고 어두운 빛깔의 쇠붙이였다. 무척이나 예리하다고 기억했던 가위 날 끝부분도 생각보다는 뭉툭했다. 그러나 가위 귀에 손가락을 꽂고 삭삭 날을 움직이는 소리를 내자 그때 그 가위라는 것이 증명되었다. 귀를 기울이게 만드는 소리였다.

"이거 나한테 부적 같은 거라서… 그냥 가지고 다녀."

묻지도 않았는데 그 애는 부끄러워하는 표정으로 허둥지둥 말했다. 그러고는 애정이 담긴 눈빛으로 가윗날을 쓸어내리면서 잠시 말없이 추억에 잠겼다. 그 애의 손짓에 맞춰 삭삭 낮은 소리를 내는 가위는 꼭 주인의 마음까지 알게 된 늙은 개와 같이 보였다. 곧이어 그 애는 조용하지만 자부심이 담긴 말투로 내게 그 가위를 다시 소개했다.

"동대문시장에서 내 용돈으로 처음 산, 내 가위야."

"그랬구나."

"나는 그냥 이게 참 좋아."

가위 귀에 손을 꽂은 채로 그 애는 나를 바라보며 예전처럼 말했다.

"야, 앞머리 잘라줄까?"

나는 고개를 끄덕였다. 온수 비데가 달린 산후조리원의 변기 뚜껑 위에 앉아서 나는 눈을 감았고 우리는 킥킥거리며 잠시 애들처럼 웃었다. 그때와 다르게 그 애는 산후조리원의 환복을 입고 있었고 나는 정장 원피스를 입은 것이 어쩐지 우스꽝스럽게 느껴졌다.

이마에 닿는 손길이 부드러웠다. 나는 그제야 내가 왜 그렇게 갑자기 그 애를 만나고 싶었는지 알 것 같았다. 그 애는 가위를 움직이며 혼잣말처럼 속삭였다.

"이렇게 머리카락을 자르고 있으면, 마음이 편안해져. 다 잊게 돼."

그 애는 내가 묻지 않고, 그 애도 떠올리고 싶지 않은 기억을 잘라내듯이 가만히 손을 움직였다. 나는 그 애와의 비밀에 대해 떠올리며 눈을 지그시 감았다.

그날은 기말고사가 얼마 남지 않은 어느 토요일이었다. 도서관 열람실은 새벽부터 줄 서 있던 사람들이 자리를 전부 차지해서 앉을 곳이 없었다. 나에게 학교를 찾아가 빈 교실에서 공부를 하자고 제안했던 것은 그 애의 짝인 진주였다. 진주는 제 짝인 그 애와 나, 셋이서 함께 공부하자고 말했다. 셋 다 성적은 고만고만했기 때문에 누가 누구를 가르쳐줄 수 있는 수준이 아니었다. 아마도 학교가 쉬는 날이라 텅 빈 상태였고, 둘보다는 셋이 두렵지 않아 좋을 거라는 심산이었을 것이다. 그 제안에 미용실도 웬일인지 고개를 끄덕였고 나도 얼떨결에 그러겠노라고 했다.

그러나 진주는 늦잠을 자느라 연락도 되질 않았다. 진주를 기다리며 그 애와 나는 한 시간을 넘게 단둘이 빈 교실을 지켜야 했다. 감시하는 눈길이 없어서인지 좀처럼 문제집에 눈이 가질 않았다. 결국 샤프가 끼어 있는 채로 한 시간 내내 같은 페이지에 머물렀고, 우리는 화장실 거울 앞에 서서 머리카락을 매만지는 것에 열중했다. 머리카락이 그 애와 나의 유일한 접점이었기 때문일 것이다. 수업 종소리가 없었기 때문에 그날은 더욱 여유롭게 내 앞머리를 다듬어주었다.

"다 됐다. 괜찮지?"

"딱 좋아."

눈썹이 보일 정도로 앞머리가 짧아진 내가 거울을 보며 뺨이 볼록해지도록 웃었다. 가죽 가위집에 가위를 도로 집어넣기 전에 그 애는 두루마리 휴지를 뭉쳐 가위 날을 섬세하게 닦아냈다. 나는 운동화 밑창으로 타일 바닥을 쓸어서 잘린 머리카락들을 하수구 구멍 쪽으로 모아두었다. 복도는 고요했다. 지저분하게 머리카락이 날린다며 득달같이 달려와 고함을 칠 학생주임 선생도 없었다. 우리가 눈치를 볼 어른은 아무도 없었다.

이상하게도 시간이 멈춘 듯 흐르지 않는 날이었다. 진주는 도무지 올 생각을 하지 않았다. 우리는 근처 편의점에서 삼각 김밥을 사 먹었고 나무 책상 위에 뺨을 댄 채로 낮잠을 잤다. 늘 소음 가득하던 교실의 정적, 바람결에 흔들리는 커튼과 적당히 얼굴을 덮는 얇은 햇살 같은 것이 나를 기분 좋게 했다. 그 애는 어느새 깨어나 내 뒷자리에서 종이를 넘기고 볼펜을 필통에 집어넣으며 소음을 내고 있었다.

목덜미와 두피에 달라붙는 끈적끈적한 땀 때문에 오래 잘 수 없었다. 한여름이었고 오후에도 공기가 더웠지만 휴일이라 교실 안의 에어컨은 사용할 수 없었다.

"깼어? 진주한테서 문자 왔었어. 이제 일어났다고 밥 먹고 온대."

그 애의 속삭이는 목소리는 사각거리는 가윗날과 닮아 나를 더 나른하게 만들었다. 우리는 진주가 오기를 기다리면서 정문이 보이는 운동장 벤치에 나란히 앉아서 하드 아이스크림을 먹었다.

나무막대기를 타고 흘러내려오는 미적지근한 액체가 손가락을 적셨다. 손등으로 흐르는 아이스크림을 급하게 핥아 올렸지만, 이미 손등 피부에 끈적이는 감촉과 인공적인 멜론향이 남아버렸다.

"진주, 왜 안 오는 걸까."

"귀찮아진 거 아닐까?"

그러나 그때쯤 나는, 단둘이 있는 것도 나쁘지 않다는 생각을 하고 있었다. 우리는 무성하게 잎이 돋아난 플라타너스 기둥에 등을 기댔다. 그리고 벤치 위에 두 발을 올려 몸을 웅크린 채로 종아리를 감싸 안고 아이스크림을 녹여 먹었다. 찬바람이 귓가를 간질이고 지나갔다. 나는 달콤하면서도 어지러운 아이스크림 냄새와 어스름히 저녁놀이 지던 운동장의 그 풍경을 절대로 잊지 못할 것이다.

그 애는 운동장을 바라보며 낮게 숨을 내쉬었고 나는 할 얘기가 없어서 입을 다물고 있었다. 그 애는 가끔 지나치게 조용했다. 감정 표현에 소극적이었다. 나는 차라리 지나치게 수다스럽더라도 속마음을 알기 쉬운 친구가 편했다.

그때, 그 애가 바람결에 속삭였다.

"나 사실 너한테 말하고 싶은 게 있어."

나는 어떤 시시한 얘기라도 들을 준비가 되어 있었다.

"뭔데?"

"비밀."

"비밀?"

"어. 근데 아무한테도 얘기하면 안 돼."

"안 할게."

"너만 알고 있어."

"응."

대단한 비밀이 아니어도 좋았다. 오직 둘이서만 공유할 수 있는 얘기라면 우스갯소리여도 충분했다. 나는 호기심으로 고개를 끄덕였다. 아이스크림을 다 먹고 난 나무막대기가 주먹 쥔 손안에서 축축하게 젖어 있었다.

그 애는 아직 다 먹지도 않은 아이스크림을 손에 들고만 있었다. 바닥으로 묽은 연두색 액체가 뚝 뚝 떨어졌고 어쩔 수 없이 아이스크림은 쓰레기통에 던져졌다. 나도 반으로 부러진 나무막대기를 쓰레기통을 향해 던졌지만 방향이 빗나가서 바닥에 떨어졌다. 나는 기역 자로 멈춘 나무막대기를 바라보고 있었다.

비밀은 불시에 터져 나왔다.

"다섯 살 때 큰집 가서 놀다가 자고 있었거든?"

"응."

"근데 그때 작은 삼촌이 들어와서 몸을 막 만졌어."

나는 놀라 반사적으로 고개를 들었다. 그리고 주변을 둘러보았다. 누군가 엿듣기라도 하면 큰일이었다. 그러나 텅 빈 운동장에는 선선한 바람만 불고 있었다. 교문 밖으로 누군가 지나갔지만 너무 멀어서 크게 신경 쓰이지는 않았다. 나는 미지근한 침을 삼켰다. 그 애는 아이스크림이 떨어진 동그란 자국을 노려보듯 내려다보았다.

"지금도 기억나. 네잎클로버가 잔뜩 그려진 원피스를 입고 있었는데 삼촌이 그걸 뒤집어서 벗겼어. 나는 그때까지 잠든 척하고 있다가 너무 무서워서 울었거든? 그때 집에 할아버지랑 할머니가 계셨어. 근데 아무도 안 왔어. 삼촌이 내 입을 손바닥으로 막고 울지 말라고 했어. '아무것도 아니야. 그냥 노는 거야.' 그러면서 옷을 다 벗겼어."

"팬티도?"

"어. 그리고 손가락 집어넣었어."

"정말?"

"정말. 피도 났어. 근데도 계속 안 멈췄어."

나는 천천히 고개를 끄덕였다. 그것밖에 내가 할 수 있는 일이 없었다. 바람이 불었지만 티셔츠의 등짝이 축축하게 젖어 있어 서

늘한 기분이 들었다. 이 얘기가 돌림노래처럼 내 기억 속에서 잊히지 않고 평생 맴돌게 될 것 같다는 생각이 들었다. 그 애는 나를 쳐다보지 않았다. 내 표정을 보기 두려운 것처럼.

"난 내가 더럽다고 생각했어."

"아니야."

나는 망설이지 않고 대답했다. 그러나 아무런 위로도 되지 않을 것을 알았다.

"지금은 아무 생각 안 해. 그냥……."

그 애는 말하던 도중에 벤치 옆에 자라난 강아지풀을 뜯어 흔들었다. 잔가시 같은 털이 공기 중에 흩날리고 혀 끝 같은 꽃 이삭이 파르르 떨렸다.

"지금은 그냥 더럽다고도, 안 더럽다고도 생각 안 하려고 해."

나는 그 애의 마르고 뾰족한 턱에 시선을 두며 아무렇지도 않은 듯이 물었다.

"지금은? 지금도… 그래?"

"돈 번다고 중국 갔어. 4학년 때 결혼식에서 봤는데, 그냥 없었던 일인 것처럼 굴더라. 그 뒤로는 한 번도 본 적 없어."

"엄마한테는 말했어?"

"엄마가 아무한테도 말하지 말래."

그 애는 강아지풀을 바닥에 버리고 손바닥을 치맛단에 문질렀다.

"아무한테도…… 말하지 말래."

"그러면?"

"그냥 가만히 있으래. 절대 말하지 말래."

나는 더는 질문하지 않았고, 그 애도 더는 말하지 않았다. 우리는 아이스크림 때문에 끈적거리는 손을 서로 엉클어진 듯이 붙잡은 채 운동장을 가로질렀다.

진주는 결국 오지 않았다. 우리는 아무 일도 없었던 것처럼 환한 형광등이 켜진 교실로 돌아와 앉았다. 그리고 고개를 숙인 채로 조용히 책장을 넘기며 필기했다. 문제집을 내려다보아도 아무것도 눈앞에 보이지 않았다. 빈칸에 눈물이 떨어졌다. 그 애가 볼까 봐 소매로 급하게 닦아냈다. 샤프 끝으로 문제집 위를 꾹 눌러 코팅 종이에 구멍을 냈다. 그러고는 검은 점이 뚫린 문제집을 그대로 덮었다.

나는 아무에게도 그날의 기억을 말하지 않았다. 그렇다고 해서 그 비밀이 우리를 끈끈한 사이가 되게 하지는 않았다. 우리는 언제나처럼 앞뒤로 앉아 수업을 들었다. 점심시간에는 각자 친한 친구와 함께 급식을 먹었다. 그러다 학년이 바뀌고 다른 반이 되자, 복도에서 만나도 인사하지 않게 되었다. 그렇게 졸업할 때까지 유유히 멀어져갔다.

그해에 여름방학이 끝난 뒤, 내 짝이 자퇴를 했다. 반 아이들은 겨울방학이 올 때까지 그 화제로 시끄러웠다. 짝은 조연이라도 좋으니까 무대에 올라 연기 인생을 살고 싶다는 말을 습관처럼 하곤 했다. 자퇴 후에는 방송국 산하의 유명 연기 학원에 들어가게 되었다는 얘기를 전해 들었다. 어디까지나 소문일 뿐, 진상을 확인할 수는 없었다. 그때의 나는 언젠가 티브이 화면으로 짝을 보게 될 날이 올 거라고 믿으며 설렜다. 그러나 결국 소식은 알지 못한 채로 중학교를 졸업했다.

산후조리원에 찾아갔던 날, 화장실에서 머리카락을 자르며 우리는 연기자 지망생이었던 내 짝에 대한 이야기도 나눴다. 여전히 소식은 서로 알 수 없었다. 하지만 나도 이미 짝의 이름을 티브이에서 보게 될 거라는 기대는 하지 않았다.

머리카락을 자르고 나자, 우리의 화젯거리는 금세 바닥을 보였다. 그 애는 벽시계를 바라보았고 곧 유축 시간이라며 말끝을 길게 뺐다. 나는 자리에서 일어섰다.

"몸조리 잘해. 아기랑 너, 참 좋아 보여."

나는 쓸데없을지도 모르는 말을 덧붙였다.

"넌…… 멋진 엄마가 될 거야."

"고마워. 정말."

우리는 잠시간 서로 눈을 마주 보며 거울처럼 웃었다.

"나 퇴원하면 밖에서 만나자."

"그래, 아기 데리고 맛있는 거 먹으러 가자."

그러나 나는 우리가 다시 만나는 일은 없을 거라고 생각했다. 어쩌면 그 애도 그런 생각으로 엘리베이터 문이 닫힐 때까지 한참 동안 손을 흔들어주었던 것인지도 모른다.

나는 지금도 메신저 목록 안에서 그 애의 딸 사진에 시선을 멈추곤 한다. 그때의 갓난아기는 책가방을 메고 철봉에 매달릴 수 있을 정도로 컸다. 초등학교 1학년쯤 되었을까. 사진 속 소녀는 그 애를 엄마라고 부를 것이다.

언젠가 토요일, 쓸쓸한 오후의 운동장에서 '엄마가 아무한테도 말하지 말래.' 하고 말할 때의 그 애 목소리를 나는 항상 잊고 싶었다. 화장실에 숨어 함께 웃으면서 장난치던 즐겁고 환한 기억만을 간직하고 싶었다. 만약 내가 그 기억을 잊지 않는 것으로 그 애의 마음을 조금이라도 위로할 수 있다면 얼마나 좋을까.

나는 우리가 더 친해질 수 없었던 이유를 알 것 같다. 꼬깃꼬깃 접어서 강물 위로 흘려보내는 낙서 가득한 종이배처럼 점점 그 애의 기억 속에서 멀어지고 싶다.

그 애가 다시 미용실에서 일하게 되었다는 이야기를 들었다. 사람들의 머리카락을 매만지고 스슥 스슥 잘라내는 그 애의 모습을 상상하면 기분이 좋아진다. 날카로운 가위를 품고 살아가는 것도 삶을 견디기 위한 좋은 방법인지도 모른다는 생각이 들었다.

'잊고 싶은 기억'이라고 적은 흰 종이에 카메라 초점을 맞춘다. 그리고 화면 안에서 가위를 들어 그 종이를 조금씩 잘라낸다. 모서리부터 삭삭 가윗날로 베어낸다. 마이크에 가위를 살짝 가까이 가져다 대자 가윗날 소리가 깔끔하게 잡힌다. 나는 가위보다도 종이를 쥔 손에 더 신경을 썼다. 종이의 날카로운 단면은 살짝만 쓸려도 손가락을 베일 수 있을 정도로 예리하다. 방심하는 순간, 머릿속에 숨어 있다가 쿡 찌듯이 밖으로 드러나는 아픈 기억들처럼.

처음 업로드했던 가위 소리 영상은 지금보다 훨씬 더 음질이 떨어졌다. 지금 들어보면, 소리 사이에 간격이 너무 짧고 잡음도 많이 섞여 있어서 일에 집중하거나 자기 전에 감상하기에 그다지 좋은 상태의 영상이 아니다. 그렇지만 지금도 꾸준히 조회수가 올라가고 감상 메일도 많이 받는다.

머리카락처럼 길고 가느다란 실을 계속 잘라내는 사십 분짜리 그 영상은, 유독 반복해서 들으며 아끼는 구독자가 꽤 있는 편이다. 그때는 밤새 댓글이나 메일을 읽고 또 읽으며 가슴 벅찼다. 힘들었던 기억으로 괴로워하는 사람들의 이야기를 나는 몇 번씩이나 읽곤 했다.

'절대로 그 인간. 용서 안 할 겁니다. 바보처럼 속았던 시간들도, 그 인간에게 떼인 돈도, 생각할수록 속 터져서 죽고 싶어요. 무엇보다 우리가 결혼하는 줄 알고 그 인간에게 잘해줬던 가족들 생각만 하면 지금도 눈물 나요. 그리고 그딴 인간을 위해 희생하려고 했다니, 나 자신에게 너무나 미안해요. 시간이 많이 지났지만 그래도 여전히 어제처럼 괴로워요. 주변 사람들은 그냥 똥 밟았다고 생각하고 잊으라고 하는데, 그게 안 돼요. 낮에는 괜찮은 척 웃지만 밤이 되면 잠이 안 와요. 병원에서 주는 약은 두통 때문에 힘들어요. 그래서 소리님 영상을 구독하기 시작했어요. 특히 가위 소리 영상을 보면 마음이 좀 풀려요. 이런 얘기 하면 웃으실지도 모르지만, 저는 이어폰을 꽂고 영상 소리를 크게 한 다음에 그 인간 물건을 싹둑 잘라내는 상상을 해요. 그러면 잠이 잘 와요. 웃기죠? 늘 좋은 영상 만들어주셔서 감사합니다. 저도 언젠가는 다 잊을 수 있겠죠?'

구독자의 메일은 저마다 비밀을 담고 있다. 나는 그 마지막 질문에 답장을 쓰기가 망설여진다. '잊을 수 있을 거예요.' 그렇게 적었다가 다시 지운다.

상처로 남는 기억은 절대 잊을 수 없다. 마음 한구석에 딱딱하게 굳어 계속 남는다. 단지 시간이 지나면 그 기억을 더듬어볼 때, 숨을 크게 들이쉬었다가 내쉴 수 있게 되는 것뿐이다.

그런 부분을 가위로 싹둑, 잘라낼 수 있다면 얼마나 좋을까.

'잊고 싶은 기억을 잘라내는 가위 소리.'

업로드된 영상을 확인하기 위해서 이어폰을 끼고 플레이 버튼을 눌렀다. 스삭 스슥 삭 삭. 가위질 소리가 이어폰을 통해서 간지럽게 들려온다.

야, 앞머리 잘라줄까?

잊고 싶은 기억을 덮으며 다정하게 속삭이는 그 목소리처럼.

3

빗속에 혼자이고 싶어

일생의 첫 데이트 날, 가을비가 내렸다. 상대는 논술 학원에서 만난 동갑내기 남자애였다. 수능이 끝난 후의 어느 주말이었고 우리가 만나기로 약속했던 카페는 집에서 꽤 먼 곳에 있었다.

걸을 때마다 운동화 앞 코가 점점 젖어갔다. 사실 집 밖을 나오기 전까지는 우울한 상태였다. 대입 기념으로 부모님으로부터 선물받은 자주색 원피스를 데이트에 입고 나가리라 다짐했었는데, 아침에 일어나 보니 비가 내리고 있었던 것이다. 유독 쌀쌀한 날이었고 어쩔 수 없이 청바지와 두꺼운 스웨터를 껴입고 길을 나서야 했다. 그러나 비 오는 거리를 걷다가 문득 내가 데이트를 하러 가는 중이라는 사실을 깨달았고, 무겁던 마음이 깃털로 간질이는 것처럼 설레기 시작했다.

빨간 우산 안에서 나는 엘가의 〈사랑의 인사〉 한 구절을 반복해서 흥얼거렸다. 우산에 부딪히는 빗방울 소리가 교향곡의 리듬처럼 감미롭게 들려왔다. 숨을 크게 들이쉴 때마다 빗물에 씻긴 청량한 공기가 콧속으로 스며들어왔다. 그때 나는 이 아름다운 빗소리가 영원히 멈추지 않기를 바랐다.

'아! 이 빗소리를 음악처럼 계속 들을 수 있다면 좋을 텐데!'

빗소리에는 치유의 힘이 있다. 사람이 만들어내는 소음과는 다른 힘. 예를 들어 카페 안의 잡음을 녹음해서 들을 때면, 내가 사람들 사이에 속해 있는 것 같은 기분이 든다. 반대로 빗소리를 들으면 혼자 있는 기분이 든다.

어딜 가도 사람들과 마주치는 이 거대한 도시 안에서 빗소리는 투명한 막이 되어 주변 소음을 차단해준다. 그래서 비가 오는 날에는 사색하기가 좋다. 하염없이 빗속을 거닐고 싶어진다. 어쩌면 그날도 남자친구를 만나는 것보다 그 만남을 기대하며 빗속을 걷는 일 자체가 나를 더욱 설레게 했을지도 모른다. 만약 그대로 낯선 길을 걸으며 내가 빗소리를 즐길 수 있었더라면 우리의 데이트는 내게 빗소리와 함께 아름다운 기억으로만 남았을 것이다.

하지만 우산을 쓴 채로 혼자 걷는 일은 낭만적인 기억이 될 수 없었다. 그 빗길 위에 나는 혼자 있는 것이 아니었다.

"아가씨, 잠깐 시간 있어요?"

우산 속으로 누군가가 불쑥 고개를 들이밀었다. 나는 우뚝 멈춰 섰다. 남자는 웃는 얼굴이었다. 빗소리가 장막처럼 주변 소리를 가로막았다. 나는 혹시 그가 불러 세운 사람이 내가 아닐까 봐 주변을 둘러보았지만 아무도 없었다. 정류장에서부터 골목으로 이어지는 길 위에 그 남자와 나뿐이라는 사실을 그제야 깨달았다. 우리 둘 이외에 움직이는 것은 아무도 없었다. 정차된 차들은 루프 위로 내리는 비를 맞으며 묵묵히 서 있었다.

남자는 근처 회사원처럼 와이셔츠에 넥타이를 맸지만 계절에 비해 얇아 보이는 봄 잠바를 걸치고 있었다. 그가 어깨에 걸쳐 쓴 검은 우산에서 우산살 하나가 빠졌는지 팔꿈치 모양으로 튀어나와 있었다. 찌그러진 우산을 쓴 그 남자는 연신 미소 지었다. 빗물이 맺힌 안경 렌즈 속에서 눈동자가 빠르게 움직였다.

"나 이상한 사람 아니에요. 길 좀 물어보려고."

능청스러운 그 목소리가 빗소리를 순식간에 지웠다. 낯선 사람과 단둘이 낯선 길 위에 서 있는 상황이 썩 기분 좋지 않았다. 어쩐지 불안감이 들었지만 그 남자를 무시하고 지나갈 수 없었다. 누군가를 '무시'하고 스쳐지나가는 것에는 강한 의지가 필요하다. 적어도 십여 년간 타인에 대한 예의와 옅은 미소를 몸에 익히며 배워온 그때의 나에게는 그랬다. 게다가 그 남자가 길을 물을 수 있는 상대가 길 위에는 나뿐이 없었다. 그러니 어쩌면 정말로 그저 길을 묻고 싶은 것일 수도 있다. 나는 차분한 목소리를 내려고 노력했다.

"저도 길 잘 모르는데……"

남자의 시선이 내 얼굴에서 발끝까지 훑어 내려갔다가 다시 천천히 올라왔다. 눈이 마주치자 남자는 당황하지 않고 웃는 얼굴을 해 보였다. 그리고 나를 빤히 바라보았다. 그 알 수 없는 태도에 당황한 것은 내 쪽이었다.

"여기 어디에 종합병원이 하나 있다고 하는데… 도통 모르겠네."

혼잣말을 하는 것처럼 뒷말을 길게 끄는 남자의 목소리에 여유가 느껴졌다.

사정을 모르고 촉촉이 바닥을 적시며 내리는 가랑비 속에서 나는 단번에 불행해졌다. 남자친구가 기다리고 있는 카페까지는 인적 드문 이 길 위에서 한 블록 이상은 더 걸어야 했다.

남자친구에게 전화를 거는 것은 어떨까. 이쪽으로 나를 찾으러 와달라고 하는 것이다. 하지만 휴대폰은 가방 안주머니에 들어 있었다. 우산 손잡이를 쥐고 있지 않은 왼손으로 가방끈을 만지작거렸지만 휴대폰을 꺼낼 용기는 나지 않았다. 갑자기 전화를 걸면 그를 위험한 사람이라고 의심하는 것처럼 보여서 내게 화를 내거나 휴대폰을 뺏을지도 모른다는 생각이 들었다. 그렇다고 해서 우물쭈물하고 서 있으면 더 가까이 다가올 수도 있다. 이런저런 생각에 입술이 바짝 말랐다.

"저 여기 안 살아서 길 몰라요."

"그래? 그럼 여긴 왜 왔어? 누구 만나러 왔는데?"

옆을 비껴가려는 나의 앞을 가로막으며 남자는 동화 속 늑대처럼 최대한 다정한 목소리를 흉내 냈다. 그러나 나는 과장된 그 목소리와 가식적인 미소를 친절로 느낄 만큼 어린 나이가 아니었다. 열아홉이었고 한 달 뒤에는 성인이었다. 그러나 실상은 길 위의 어린 양이나 다름없었다. 인적 드문 그 길에서 내가 할 수 있는 일은 아무것도 없었다. 고개를 숙여 앞 코가 까맣게 젖은 운동화를 내려다보았다. 뛰어서 도망가거나 소리를 지르는 일은 엄두도 낼 수 없었다.

"아빠가…… 아빠가 곧 오신댔어요. 여기서 만나기로 했어요."

"거짓말!"

남자는 즐거운 듯이 웃었다.

"정류장에서부터 지켜봤어. 두리번거리면서 길 찾던데?"

눈물이 뜨겁게 눈 안쪽에서부터 차올랐다. 남자가 좀더 가까이 다가왔다.

"나 이상한 사람 아니라니까? 그냥 얘기 좀 하자는 건데 서운하게 구네."

주차된 차들 너머로 검은 승용차 한 대가 미끄러지듯 지나갔다. 우산 손잡이를 쥔 손이 떨려서 두 손으로 쥐었다. 그때 내 머릿속에 스친 것은, 야간자율학습 때 들은 괴담이었다.

1, 2학년은 수련회와 수학여행으로 학교를 비운 날이었다. 창밖은 어두워졌지만 우리는 종이 칠 때까지 의자에 엉덩이를 붙이고 앉아 수능 전에 무엇이든 하나라도 더 암기하거나 풀어야 했다.

수능이 얼마 남지 않았고 어쩐지 더 마음이 들떠서 공부에 집중이 되지 않았다. 그런 수험생들의 마음을 헤아려준 것인지 담임이 반 아이들에게 햄버거를 하나씩 나눠주었다. 당일 감독 선생은 다른 교실에 피해가 가지 않도록 조용히 먹으라며 삼십 분 정도의 여유를 주었다. 평소라면 작은 소음에도 예민하게 눈을 흘겼을 상위권 아이들조차도 킥킥대며 소란스럽게 햄버거를 먹기 시작했다.

속삭이듯 얘기해야 하기 때문에 교실 안의 목소리가 서로에게 더 잘 전해졌다. 누가 먼저 무서운 이야기를 꺼내기 시작한 것인지는 알 수 없다. 우리는 어느새 한 아이에서 또 다른 아이에게로 이어지는 괴담에 모두가 귀를 기울이고 있었다. 난데없이 시작된 괴담은 식후의 졸음을 쫓아냈다. 우리는 갑자기 주어진 행운 같은 짧은 자유 시간에 설레 있었다. 창밖은 이미 어둠뿐, 텅 빈 운동장은 고요했다.

"야, 누구 하나라도 소리 지르면 끝장이야. 감독쌤 오면 우리 다 죽는 거야."

"알아, 알아. 너나 조용히 해."

"그래서 다음에는 어떻게 됐어?"

복도 쪽 뒷문 가까이에 앉은 아이가 불안해하며 복도 창밖으로 고개를 빼고 내다봤지만 감독 선생은 애초에 아이들을 조금 느슨하게 풀어줄 요량이었는지 자유 시간이 삼십 분을 훌쩍 넘긴 시점에도 정찰하러 오지 않았다. 한 시간만 더 있으면 야간자율학습이 끝나기 때문에 우리는 모두 이대로 계속 농땡이를 부리고 싶은 마음이 간절했다.

어디선가 들어봄 직한 시시한 귀신 이야기에도 몇몇 아이들은 혹시 소리를 지르게 될까 봐 입을 틀어막고 소란을 떨었다. 개중에는 심약하고 겁이 많아서 아예 이어폰으로 귀를 막은 채로 노래를 듣는 아이도 있었다. 이야기는 끝이 나면 끊길 새가 없이 다른 아이가 바통을 이어받았다.

"이건 실제로 있었던 일인데……."

모든 괴담은 사실 여부를 떠나서 그것이 정말 일어났던 일임을 강조하면서 시작하기 마련이었다. 나는 진지한 표정으로 허리를 돌려 뒤쪽을 돌아보며 이야기의 바통을 쥔 아이를 바라보았다. 그리고 햄버거의 마지막 조각을 입안에 넣었다.

"강민지라고 내 친구가 겪은 일이야. 걔가 도서관 앞 정류장에 혼자 서 있었대. 시간은 11시 좀 넘었었나 봐. 그때 어떤 남자가 다가와서 교복을 보면서 우리 고등학교 어떻게 가냐고 묻더래. 근데 생각해봐. 그 시간에 우리 학교 갈 일이 뭐가 있어? 야자 없는 날이라서 아무도 안 남아 있을 텐데? 그래도 교복을 입고 있었기 때문에 자기 학교를 모른다고 할 수는 없잖아. 그래서 손짓으로 횡단보도 건너서 쭉 가라고 말해줬대. 근데 그 남자가 학교까지 같이 가달라는 거야!"

"웬일이야, 왜?"

"그러니까! 민지도 그 남자가 너무 이상하다는 생각이 든 거지. 그 시간에 모르는 사람이 갑자기 학교를 같이 가달라니, 말이 돼? 그래서 민지도 어서 이 남자 옆을 벗어나야겠다고 생각했는데, 버스도 안 오고 지나가는 사람도 없는 거야. 그때 그 남자가 갑자기 손목을 덥석! 잡았어."

교실 안에는 긴장이 감돌았다. 나는 목이 메었지만 콜라 캔은 이미 비어 있었다. 그 애는 마치 실제로 그 상황에 처한 것처럼 제 팔목을 쥔 채로 연기했다.

"그러고는 막무가내로 끌고 가는 거야! 민지가 발버둥치고 안간힘을 다 써봐도 힘으로 안 되더래. 그 남자가 입을 틀어막고 있어서 소리칠 수도 없고. 엉엉 울면서 끌려가는데, 그때 운 좋게 자전거

타고 지나가던 아저씨가 본 거야. 아저씨가 '거기 뭐야!' 하고 소리
쳤더니 그 남자가 민지를 내팽개치고 반대편으로 막 도망갔대. 주
저앉아서 울고 있는데 아저씨가 와서 신고해주고 엄마한테 전화하
고 난리도 아니었어. 걔 그 뒤로는 광장도서관 안 가잖아."

대로 옆에 있는 큰 도서관은 나도 자주 들르는 곳이었다. 시험기
간엔 주로 주말마다 그곳에 찾아갔다. 당시 내가 살던 집과도 가까
운 곳이었기 때문에 나는 이야기 속 정류장을 너무나도 선명하게
머릿속에 그려낼 수 있었다. 하루에도 몇 번씩 지나가는 정류장이
었다. 나는 무섭다는 말도 나오지 않을 정도로 표정이 굳었다.

"근데 더 이상한 건, 그때 봉고차 한 대가 정류장 주변에 계속 멈
춰 서 있었던 거야. 그 남자가 도망간 뒤에 엄마가 택시 타고 데리
러 왔는데 택시 안에서 무심결에 뒤돌아봤더니 그 봉고차도 없어
졌더래."

"그러면 그 차로 납치하려던 거야?"

"아니면 뭐겠어?"

"소름 끼쳐."

교실 분위기가 어수선해졌을 때, 감독 선생이 복도 벽을 장구채
로 치며 주의를 줬다. 아이들은 모두 자세를 고쳐 앉았고 교실은
순식간에 고요해졌다. 그러나 가슴속에 퍼지는 공포감은 쉬이 가
라앉지 않았다. 그날도 11시 정각에 야간자율학습을 마치는 종소
리가 울렸다. 우리는 괴담 속에 섞여 있는 실화인지도 모르는 이야
기를 기억한 채로 어두컴컴한 학교 밖을 나서서 각자 집으로 돌아
가야만 했다.

그 뒤로 졸업할 때까지 도서관 근처를 피해 다녔다. 그 주변에 갈 일이 생기면 두리번거리며 혹시라도 이상한 사람이 없는지 경계했다. 하지만 그 외에도 나에게는 생각해야 할 일들이 많이 있었다. 수능을 앞둔 상황이었다. 그 괴담에 대한 기억은 그대로 머릿속에서 희미해져갔다.

"고등학생이지? 대학생?"

잊고 지내던 그 괴담이 갑자기 현실로 다가왔다. 나는 우산 너머로 정차된 차들을 빠르게 훑어봤다. 하나같이 수상해 보였다. 빗줄기를 맞으며 멈춰 서 있는 차창 속에서 그의 동료가 상황을 지켜보고 있을지도 모른다는 생각이 들자 소름이 끼쳤다. 절대로 이 남자에게서 벗어날 수 없을 거라는 생각에 다리 힘이 빠졌다.

"바쁘지 않으면 같이 좀 가줄래? 여기 근처라고 하던데."

"싫어요."

"멀리 안 간다니까?"

"저 바빠요. 먼저 갈게요."

"아 씨팔, 순진하게 생겨서는 피곤하게 구네?"

가면이 벗겨졌다. 남자는 더 이상 웃지 않았다. 나는 울음이 터질 것 같아서 떨리기 시작하는 입술을 꾹 깨물고 있었다. 남자가 크게 한숨을 내쉬었다.

그때 닫혀 있던 옷 수선 가게 문틈으로 누군가가 고개를 내밀었다. 처마에서 떨어지는 빗물을 확인하려는 듯이 고개를 치켜든 것은 어느 중년 여성이었다.

"엄마!"

우산 손잡이를 꽉 쥐며 나는 떨리는 목소리로 최대한 크게 외쳤다. 평소 목소리가 작은 편인 데다가 큰 소리로 웃는 일조차 잘 없었기 때문에 나는 내가 내지른 그 낯선 고함에 스스로 놀랐다. 중년 여성이 내 쪽을 바라보는 짧은 찰나, 남자를 지나쳐 빠르게 가게 쪽으로 걸어가며 울음 섞인 목소리로 소리쳤다.

"왜 거기 있어, 엄마! 계속 기다렸잖아!"

등 뒤로 따가운 시선이 느껴졌고 여전히 두 손이 떨려왔다. 나는 그 순간, 그분이 정말로 내 엄마였으면 좋겠다고 간절하게 생각했다. 내 얼굴과 뒤쪽의 남자를 번갈아 쳐다보던 그분은 나를 향해서 문을 활짝 열어주었다. 그때 그분이 본 내 얼굴이 어땠는지는 알 수 없지만, 옷 수선 가게 주인은 내 등 뒤의 남자 쪽으로 의심스러운 눈길을 보냈다. 나는 그 자리에 못 박힌 듯 서 있는 검은 우산을 흘 깃 뒤돌아보았지만 남자의 얼굴을 똑바로 쳐다볼 자신은 없었다. 나는 나를 가게 안으로 안내하는 가게 주인의 팔을 다급하게 붙잡았다.

"아, 아빠는요? 안에 계셔요?"

"어서 들어가자."

그분은 따뜻한 목소리로 내 등을 감싸며 우산을 접어주었다. 천장에 겹겹이 걸려 있는 옷가지들 때문에 가게 안은 무척이나 좁았다. 수선 가게에 들어서자마자 나는 다리 힘이 풀려 바닥에 주저앉았다. 파란 플라스틱 쓰레기통 옆에 떨어져 있던 실오라기에 초점을 맞추며 눈을 감았다가 뜨길 반복했다. 물속에 들어온 것처럼 귀가 먹먹해졌다.

허리춤 높이까지 불투명한 시트지가 붙어 있어서 밖이 보이지 않았지만 수선 가게의 주인은 문을 걸어 잠그며 유리벽 밖을 유심히 살폈다. 그리고 나를 일으켜 세워 간이의자에 앉혀주었다.

"학생, 괜찮아?"

나는 떨리는 입술을 깨물며 고개를 끄덕였다. 사정을 설명하려고 입을 열었지만 울음이 터져 나올 것 같아서 다시 입술을 꾹 다물었다. 두려움에 고개를 떨어뜨린 채로 한참 동안 앉아 있었다. 춥지 않았는데도 어깨가 계속 미미하게 떨려왔다.

가게 안은 드라이클리닝되어 따뜻한 김을 뿜어내는 옷 냄새와 재봉틀 곁 플라스틱 통에 들어 있는 기름 냄새로 가득 차 있었다. 콧속으로 스미는 그런 냄새들이 나를 진정시켜주었다. 가게 주인인 그분은 티슈를 뽑아 뭉쳐서 나의 눈물을 닦아주고 따뜻한 물에 티백 녹차를 넣은 종이컵을 내 손에 쥐어주었다.

"계속 여기 쳐다보다가 지금 갔어요. 학생, 저 사람 모르는 사람이지?"

고개를 빠르게 끄덕였다. 머릿속이 마비된 것처럼 생각이 느려졌다. 아직도 위험한 상황에서 완전히 벗어난 것은 아니라는 생각이 들었다. 가게 안에 있는 사람은 가게 주인 한 분뿐인 것 같았다. 그렇다면 우리 둘 다 위험해진 것은 아닐까?

내가 가게 구석에 얌전히 앉아서 마음을 가다듬는 동안 그분이 경찰서에 전화를 걸어 신고했다. 하지만 직접적으로 피해를 입은 것도 없고 그 남자가 의도적인 접근을 한 것이라는 증거가 없다는 말이 우리가 들을 수 있는 대답의 전부였다. 경찰은 마지못해 주변을 순찰한 뒤에 수상한 사람이 없었다는 말로 끝맺음을 지었다.

가방 안에서 진동이 느껴졌다. 휴대폰을 꺼내 네 통의 부재중 전화를 확인한 뒤에야 내게 약속이 있었다는 사실을 떠올렸다. 가게 주인은 내 사정을 듣고는 가게 문 앞에서 우산을 꺼내들었다. 더는 폐를 끼치고 싶지 않았지만 검은 우산을 쓴 낯선 남자가 다시 나타날지도 모른다는 두려움이 더 컸기 때문에 군말 없이 그분과 함께 길을 나섰다. 혼자서는 절대로 그 길을 지나고 싶지 않았던 것이다.

"정말 괜찮겠어요, 학생?"

"네. 바로 저기예요. 같이 와주셔서 정말 감사해요."

"그럼 어서 들어가봐. 내가 여기서 학생 들어가는 것까지 보고 갈게."

"정말… 너무너무 감사해요."

카페는, 아름다웠다. 비에 젖은 카페 문 앞에는 흰 울타리가 쳐져 있었다. 그리고 문 옆에는 앙증맞은 빨간 우체통에 종달새 모형이 올라 서 있었다. 나는 우산을 접고 가게 문을 쥔 채로 울타리 바깥쪽을 바라보았다. 먼발치에서 배웅하듯 우산을 들고 서서 내가 카페에 들어갈 때까지 지켜보고 있는 그분에게 다시 한번 고개를 숙여 인사했다.

딸랑, 작은 종소리를 내며 열린 문 안 쪽에서 잔잔한 클래식 음악이 새어나왔다. 엘가의 〈사랑의 인사〉였다. 사람들은 두세 명씩 흰 테이블 앞에 모여 앉아서 제각각 즐거운 이야기를 나누고 있었고 어느 한쪽에서는 큰 웃음소리가 터져 나왔다. 커피콩 볶는 냄새가 코끝에 진하게 맴돌았다.

천사가 노니는 유화 속의 풍경처럼 카페 안의 분위기는 여유롭고 부드러웠다. 몇 블록 밖에서 내가 마주쳤던 낯선 남자와 그 공포가 마치 터무니없는 악몽이었던 것처럼 이질적으로 느껴졌다. 행복한 기운을 내뿜는 사람들 사이에 내 남자친구가 혼자 앉아 있었다. 그를 발견했을 때는 안도감에 눈가가 다시 뜨거워졌다.

"지금이 몇 시야? 나 지금 오십 분 기다렸다."

"미안해."

"늦는다고 연락이라도 좀 하지."

"정말 미안……. 사정이 있었어."

푹신한 소파에 앉자마자 온몸의 힘이 풀렸다. 나는 기억 속에 오래 남을 상처 하나를 새기고 오는 길이었다. 그러나 기다리는 일이 너무나 따분했던 그는 말끔하게 차려입은 셔츠의 맨 위 단추를 풀어내며 한숨을 내쉬었다.

"무슨 사정인지는 몰라도, 미리 얘기를 해주는 게 예의야."

"지금 설명할게."

"아냐, 괜찮아. 그냥 그렇다는 거지. 화난 건 아니야."

종업원이 불쑥 다가와서 메뉴판을 내밀었다. 나도 모르게 어깨를 흠칫 떨었다. 신경이 곤두서 있는 상태라는 것을 스스로도 느낄 수 있었다. 식은땀에 젖어 스웨터 안쪽이 축축했지만 몸이 떨려와서 따뜻한 밀크커피를 주문했다. 그는 분위기를 바꾸려고 하는 것인지 표정을 풀어 웃으면서 말했다.

"여자들은 참 좋겠다. 살기 편해서."

"뭐?"

"잘못해도 금방 울 것 같은 표정만 하면 다들 용서해주잖아."

"무슨 뜻이야?"

"비꼰 거 아니야. 내 앞에 앉아 있는 사람이 너 아니고 남자였으면 엄청 화났을 텐데, 너라서 화가 안 난다고. 내 여자의 작은 실수쯤은 너그럽게 용서해줄 수 있어."

그 말을 듣고 있자, 입술 사이로 무력한 웃음이 흘러나왔다. 그러나 그는 자신의 너그러운 이해로 모든 것이 해결되었다는 듯이 만족스럽게 어깨를 펴 앉았다. 밀크커피가 분홍색 머그잔에 담겨 나왔다. 머그잔 겉에는 더 진한 핑크색으로 큐피드의 화살이 그려져 있었다.

"살기 편하다고?"

"응?"

"나 실수로 늦은 거 아니야. 그 일만 없었으면 너보다 훨씬 더 일찍 도착했어."

"무슨 일?"

내게 일어난 일에 대해서 최대한 차분하게 설명하려고 애썼지만 머릿속에서 그 남자를 떠올리는 일조차 두려웠다. 검은 우산을 쓴 그 남자, 비웃는 듯한 그 얼굴. 나는 초원에서 육식동물 앞에 내몰려진 초식동물이었다. 그 순간 조금이라도 빈틈이 생기지 않았다면, 그때 우연히 가게 문으로 고개를 내민 사람이 없었다면, 그 가게 주인이 나를 도와주지 않았다면, 나는 처참하게 물어뜯겼을 것이다.

그건 한 번의 해프닝이 아니다. 나에게는 언제고 똑같은 일이 일어날 수 있다. 그때에도 지금처럼 구원의 손길이 있을 거라는 보장은 없다. 나는 살얼음판 위를 걸으며 살고 있는 것이다. 그에게 그 일을 설명하는 내내 자꾸만 목이 탔다. 그는 팔짱을 낀 채 심각한 표정으로 내 이야기를 들었다. 이따금 고개를 끄덕이기도 했다. 그러나 침묵 후에 그는 의외의 말을 했다.

"뭐야, 그 남자도 놀랐겠네."

그때 내가 느꼈던 것은, 놀란 나를 보듬어주지 않는 그에 대한 서운함이 아니었다. 그와 나 사이의 보이지 않은 투명한 벽에 손을 대어본 뒤에 느끼는 고요한 절망이었다. 머그컵을 쥐고 있던 내 손등을 톡 건들이면서 그는 웃었다.

"야, 진짜 그냥 길 물어보려고 했던 것뿐일지도 모르잖아. 오해일 수도 있지."

"오해? 정말 그렇게 생각해?"

"아니면 네가 어리고 예쁘니까, 그냥 말을 걸어보고 싶었나 보지. 좋게 생각해."

하트 모양의 작은 접시에 조각 케이크가 담겨 나왔다. 커플 한정 판매 케이크라고 종업원은 설명했다. 나는 그가 왜 이곳을 데이트 장소로 정했는지 그제야 알았다. 카페 안은 전부 하트 패턴으로 꾸며져 있었고 손님 중에는 커플로 보이는 사람들이 많았다. 모두 행복해 보였다. 하지만 그 순간의 나는 너무나도 불행했다. 다급한 신고 전화에 경찰도 심드렁한 반응을 보였고 사정을 들은 눈앞의 남자친구마저도 그 일에 대해서 심각하게 생각하지 않았다. 그 짧은 순간을 계속 떠올리고 두려워하는 내가 지나치게 예민한 걸까.

화제는 그 애가 수시 합격한 대학에 대한 이야기로 넘어갔다. 나는 첫 데이트 분위기를 망치기 싫어서 그 자리에 잠자코 앉아 있었지만 머릿속은 다른 생각으로 가득 차 있었다.

"정말 가도 돼?"

"집까지 금방인 걸, 뭐. 너 버스 타야 하잖아."

"그래도 너무 늦었는데……."

"괜찮아. 어서 길 건너가. 버스 오겠다."

집에 돌아오는 길, 그는 나를 집 앞까지 바래다주겠다고 했지만 버스가 끊길지도 모르는 아슬아슬한 시간이었다. 버스 정류장에서 집 앞까지는 걸어서 오 분 정도 거리였고 편의점 불빛이 환하게 켜져 있었다. 맞은편에서 그가 타고 가야 할 버스의 막차가 언제 도착할지 알 수 없었다.

검은 우산의 그 남자 때문에 두려운 마음은 있었지만, 익숙한 동네에 도착하자 마음이 누그러졌다. 남자친구가 길 건너편 버스정류장에서 손을 흔들었다. 곧 막차가 와이퍼를 느리게 움직이며 도착했고, 그는 떠났다.

아침부터 이어진 비는 늦은 저녁까지 내내 그치지 않았다.

첫 데이트의 설레던 마음은, 예상지 못했던 그 사건과 뒤섞여 묘한 색으로 물들었다. 나는 다시 젖기 시작하는 운동화의 앞코를 내려다보며 우울한 기분에 젖어들었다. 빗소리는 여전히 우산에 부딪히며 나지막한 소리를 냈고 찬 저녁 공기는 맑았지만 나는 더 이상

콧노래가 나오지 않았다.

데이트가 끝난 뒤, 아쉬움보다는 가라앉은 잡념들이 머릿속을 가득 채웠다. 그가 떠나고 혼자 있는 순간에 쓸쓸한 마음이 들지 않았던 것은, 그와 마주 보고 웃으며 이야기하는 순간에도 내가 이해받지 못한다고 느꼈기 때문이다. 하지만 그가 일부러 나를 무시하려고 한 것은 아닐 거라고 믿기 때문에 헤어지고 싶은 마음은 들지 않았다. '그 남자도 놀랐겠네.'라며 불쑥 그 괴한의 입장을 먼저 생각하듯 말하는 그 장난스러운 말투에 상처를 받았음에도 울컥, 솟아오르는 뜨거운 감정을 뱃속 깊이 눌렀다. 어린 시절부터 익히 들어왔던 대로 그것이 연애 잡지에 나오는 '남녀의 생각 차이'일 뿐이라고 생각하고 싶었다.

"다음엔 꼭 집 앞까지 바래다줄게. 그날 버스 타고 집에 가면서 후회했어."

"막차였는데?"

"그래도. 너는 내가 지켜줄 거야."

'지켜준다'는 말이 참 좋았다. 나는 어리숙한 스무 살 여자애였고 거리에는 그런 나를 위험에 빠트리는 함정 같은 골목이 너무도 많았다. 혼자라면 두려웠을 일들로부터 나를 지켜주려는 그의 마음만으로도 나는 고마웠다. 그와 함께하는 순간들이 즐거웠다.

나는 우리 두 사람이 수평으로 멈춰 선 저울추만큼이나 안정적인 관계라고 믿었다. 남학생인 그는 나를 세상의 위협으로부터 보호해줄 수 있고, 나는 그의 고민과 세상에 대한 불만을 들어주며 그에게 마음의 평화를 주는 것이다. 마치 다큐멘터리에서 본 악어와 악어새처럼 우리가 필수불가결의 관계라고 생각했다. 그리고 그 관계가 깨지지 않는 이상, 나는 안전하다고 느꼈다.

그러나 완벽한 줄 알았던 그 안정적인 균형은 너무도 금세 깨졌다.

"그렇게 무서우면 이어폰 꽂고 노래라도 들으면서 걷지 그래?"

"뭐?"

"내가 어떻게 너 가는 곳마다 일일이 따라다니면서 지켜주냐?"

"언제 늘 따라다니래? 등 뒤에 이상한 사람이 있었다니까!"

"그러니까 노래 들으면서 신경 끄고 빨리 걸으라고!"

이해가 안 된다는 듯이 그는 짜증스럽게 말을 내뱉었다. 그러고는 나를 등진 채로 다른 곳을 바라보며 한숨을 깊이 내쉬었다. 지나가는 사람들이 흘깃거리며 우리를 쳐다봤고 나는 바닥에 구겨진 종이컵이 된 것 같았다. 초라하고 볼품없는 존재인 주제에 그걸 스스로 모르기 때문에 그를 화나게 하는 것 같아서 눈물이 났다. 그는 대학생이 되자마자 달라지기 시작했다. 혼자 길을 걸을 때는 언제라도 너를 찾아갈 테니 연락하라던 약속은 나만의 지나친 응석으로 변해 있었다.

"이어폰으로 노래 들으면서 걸으라고?"

"그래."

"넌 정말 뭘 모르는구나."

이어폰을 끼고 걸으면 등 뒤에서 다가오는 발자국 소리를 놓치기 쉽다. 혼자 길을 걷는 모든 순간은, 삶과 죽음의 갈림길이다. 환한 낮이어도, 대로여도, 방심할 수가 없다. 그 길 위에는 내가 아닌 누군가가 있다. 그리고 그가 어떤 사람인지 알 수 없다. 내게 해를 끼칠지 아닐지에 대해서도 확신할 수 없다.

나는 더 이상 이야기해봤자 우리 사이의 틈이 벌어질 뿐이라는 것을 깨달았다. 우리의 위태로운 저울추는 이미 기울어져 있었다. 그걸 우리가 확실하게 깨달은 것은 각자 대학생활에 익숙해져가던 늦봄, MT를 다녀온 이후였다. 서로 다른 학교를 다녔고 고등학생 때처럼 학원에서 만나는 것도 아니었기 때문에 우리의 생활에는 접점이 없었다. 우리가 영영 헤어지지 않을 거라고 믿었던 것은 아니었다. 하지만 몇 발자국은 더 먼 미래일 거라고 생각했다. 그러나 중요한 일은 늘 그렇듯 소낙비처럼 느닷없이 찾아왔다.

"난 네가 이해가 안 가."

"무슨 말이야?"

"넌 가끔 너무 어려운 사람인 척해."

"뭐?"

"너 내가 무슨 말 할 때마다 한숨 쉬잖아. 내가 뭘 모르는 것처럼. 너만 아는 뭔가가 있는 것처럼. 그거 기분 나쁘고 자존심 상해. 너 나 무시하잖아."

"나 그런 적 없어."

"그랬어, 늘 그러잖아. 나 병신 취급하잖아."

대학에 가자마자 선배에게서 흡연을 배운 그는 담벼락을 등진 채로 익숙한 듯이 고개를 올리며 흰 담배 연기를 길게 내뿜었다. 나는 그런 때에 그의 찌푸린 표정 뒤에 숨은 말들이 어렵게 느껴졌다. 무시당한 기분이 드는 것은 오히려 나였다. 그는 연습이라도 한 것처럼 결심한 듯이 단번에 말했다.

"난 지쳤어. 이제 우리 각자의 길을 찾아가자."

"헤어지자는 뜻이야?"

"그래. 이제 우리 어린애 아니잖아."

훈계하듯 엄한 표정으로 말했다. 그때 문득 나는 둘이서 락 페스티벌에 갔다가 지하철이 끊어진 날, 그와 함께 모텔에 가지 않은 일을 떠올렸다. 그때 그 일이 그를 무시하는 것처럼 느껴졌던 걸까. 그럴지도 모른다. 어쩌면 우리 사이에는 그 외에도 더 많은 오해가 있었을 것이다. 이해할 수 없어서 서로를 비참하게 한 순간들이 많았을 것이다. 댐이 무너지듯이 쌓여 있던 감정들이 금 간 부근을 부수며 터져 나왔다.

"너야말로 말을 너무 어렵게 하는 거 아니야? 그냥 싫어졌다고 해."

"비꼬는 것처럼 들린다."

"잘 아네. 봐, 내가 어려운 사람인 게 아니라 네가 들을 마음이 없었던 거잖아."

"그래. 그럴지도. 그러니까 너처럼 어렵고 너를 잘 지켜줄 사람 만나라."

"뭐로부터 지켜주는데?"

눈이 마주쳤다. 그는 담배꽁초를 신발 밑창으로 짓눌러 끄면서 대답했다.

"너 무서워하는 거 있잖아. 혼자 있는 거."

"정말로 그렇게 생각해?"

"뭐?"

"내가 무서워하는 게…… 혼자 있는 일인 것 같아?"

그는 대답하지 않았다. 선배들에게 권태로운 표정을 배운 모양이었다. 가능한 한 빨리 대화를 끝내고 싶어 하는 먼 눈빛을 보면서 나도 그만 입을 다물었다. 우리는 그렇게 헤어졌다. 집으로 돌아가는 길은 혼자였다. 비가 내리지는 않았지만 나는 많이 울었고 우산을 쓰고 싶었다.

그 애는 틀렸다. 내가 정말 두려워하는 것은 '혼자일 수 없는 것'이었다.

나는 누구보다도 혼자이고 싶었다. 어두운 영화관에 혼자 앉아서 영화를 보거나 늦은 저녁, 편의점 앞 테라스에서 혼자 캔맥주를 마시거나 인적 드문 빗길을 혼자 사색에 잠겨 걷는 일을 누군가의 눈치를 보거나 위협의 걱정 없이 오로지 혼자 하고 싶었다. 나는 어쩌면 그를 이용하고 있었던 것인지도 모른다. 내가 원하는 평온한 일상을 그와 둘이었기에 조금 더 안전하게 누릴 수 있었다.

고장 난 우산 같은 사회는, 귀퉁이에서 비가 새는 줄 모른다. 그래서 나는 어떤 지독한 저주를 품고 있는 악령의 괴담보다도, 일상의 사건들이 더욱 몸서리쳐지도록 두려웠다. 첫 데이트의 추억을 주었던 그를 비롯한 모든 남자들은, 그들이 성인 남성이기 때문에 아무렇지도 않게 지나쳤을 그 길목들이 내겐 늘 운명의 갈림길이었다는 사실을 평생 모를 것이다. 운이 좋으면 아무 일도 일어나지 않지만 단지 운이 나쁘다는 이유로, 내가 여자라는 이유로, 범죄의 표적이 되는 거리.

　잊고 지내던 그가 다시 연락을 해온 것은 그로부터 삼 년이 훨씬 지난 뒤였다. 나는 취업에 대한 고민으로 하루하루 조바심을 내던 대학 졸업반이었다. 그가 군 입대를 했다는 사실을 나는 모르고 있었다. 대학에서의 일 년은 마치 한 달처럼 빠르게 느껴졌다. 내게 그와의 추억은 이미 먼 과거가 되어 있었다. 그래서 그의 목소리를 휴대폰 너머로 들었을 때에도 쉬이 얼굴이 떠오르지 않았다.

　"오랜만이다. 잘 지내지?"

　"누구세요?"

　"벌써 잊어버렸어? 나 모르겠어?"

　"아."

　통화 음질이 좋지 않았다. 아주 먼 곳에서 군 복무 중인 모양이었다. 그 먼 거리만큼이나 마음에서도 그와 아주 멀어졌다는 것이 그 먼 통화감으로 느껴졌다. 그는 무척이나 다정하게 말을 걸었지만 나는 어색한 웃음뿐, 대답이 잘 나오지 않았다.

　"나 통화 오래 못 해. 아주 잠깐 짬나서 전화하는 거야."

　"그래?"

　"나 여기서 네 생각 많이 했어. 제대하면 너 만나러 가고 싶다."

　긴장한 듯이 떨리는 목소리였다. 나는 노트북 화면을 응시하며 할 말을 골랐다. 화면 안에는 졸업 논문을 띄워둔 채였다. 쓰다 만 문장 끝에서 커서가 초시계처럼 깜빡였다. 나는 아직 대답할 말을 찾지 못했는데 반대편의 공중전화에서 동전 떨어지는 소리가 들렸다.

"참, 너 아직도 혼자서 영화관 못 가?"

우스갯소리처럼, 아직 너에 대해 많은 걸 기억하고 있다고 말하고 싶은 것처럼, 그는 웃으면서 말했다.

"너 어디서든 혼자인 거 무서워했잖아. 그거 참 귀여웠는데."

간직하고 있던 그와의 추억들이 순식간에 우스워졌다. 우리가 서로를 조금도 이해하지 못하고 있었다는 사실이 확연하게 드러났다. 환상이 전부 걷힌 추억은 보석이 아니라 딱딱한 돌멩이에 가까웠다. 그 애는 첫 데이트 때의 일을 이야기하며 웃었다. 낯선 남자가 말을 건 것만으로도 두려움에 떨던 나를 아주 어리고 여린 여자애로 기억하고 있었다. 나에게는 언제 떠올려도 무서운 일이 그에게는 소녀의 투정같이 느껴졌던 걸까.

"나 아직 너 사랑해."

멜로 영화 속 대사처럼 내뱉는 그의 말에 나는 더욱 비참해졌다.

"정말이야, 사랑해. 내가 너 무섭지 않게 네 곁에 같이 있어줄게."

내게서 대답이 없자, 그 뒤로는 어떤 말도 이어지지 않았다. 전화는 동전 떨어지는 소리와 함께 끊겼다. '잘 지내.' 그런 말이 내가 할 수 있는 유일한 대답이었겠지만 나는 하지 않았다. 그 뒤로는 한 번도 연락이 오지 않았다.

그날, 첫 데이트에서 돌아올 때 우리는 한 우산을 함께 쓰고 걸었다. 나는 그날의 빗소리가 부디 실망이나 오해로 희석되지 않은 채로 내 귓가에 내내 남기를 바랐다. 그리고 그도 그 빗소리만큼은 잊지 않기를 바랐다.

드디어, 베란다 난간에 빗물 부딪히는 소리가 선명해지는 새벽이다. 나는 이 순간을 기다렸다. 늦은 밤부터 설치해놓은 마이크는 내가 오랜 시간 창밖을 응시하며 그에 대한 기억을 떠올리고 있던 사이에도 빗소리를 잡아내고 있었다. 응어리진 기억이나 감정마저도 빗물은 귀를 통해 흘러들어와 전부 씻어낸다. 그렇게 새벽이 되면 빗소리는 고민 많은 사람들의 귓속으로 흘러들어간다.

새벽은 고민이 많은 사람에게 귀 기울여주는 시간이다. 잠들지 못한 이가 깊은 생각에 빠질 수 있도록 그를 제외한 모두를 잠들게 해준다. 덕분에 새벽의 빗소리는 잠음이 섞이지 않아 선명하게 들려온다. 빗소리 녹음을 위해서 나는 일기예보를 꼬박 살피며 새벽까지 비가 그치지 않고 내리는 날을 기다려왔다. 내 채널을 구독하는 많은 사람들이 오랫동안 이어지는 차분한 빗소리를 듣고 싶어 하기 때문이다. 그런 빗소리가 간절해질 때는 이 세상 속에 오로지 혼자이고 싶은 순간이다.

만약 지금의 내가 다시 그때 그 길 위로 돌아가서 검은 우산 쓴 낯선 남자와 마주치게 된다면 어떻게 대처할까? 이따금 생각해본다. 하지만 지금의 나라고 해서 달라지는 것은 없을 것이다. 나는 여전히 지하철이나 버스에서 집요하게 나를 훑어보는 타인의 시선으로부터 자유롭지 못하다.

내 마음대로 혼자일 수 없는 것은 지금도 마찬가지인 것이다. 거리에서 사색에 잠기는 일은 늘 누군가에게 방해받거나 위험에 노출될 수 있다. 내가 혼자서 안전하게 할 수 있는 일들은 한정되어 있다. 위협에 대한 걱정 없이 사색에 잠기고 싶을 때, 나는 현관문을 걸어 잠근 뒤 귓속에 이어폰을 끼워 넣는다. 그것이 가장 쉽게 혼자가 되는 길이다.

'사랑해. 내가 너 무섭지 않게 네 곁에 같이 있어줄게.'

얼핏 달콤하게 들리는 그 말에 내가 다시 돌아가서 대답할 수 있다면, 나는 고민하지 않고 분명하게 말할 것이다.

"난 그냥 혼자 있고 싶어. 이 빗속에서 혼자 걷고 싶어."

베란다 밖 양버즘나무 잎이 내리치는 빗물에 끊임없이 흔들리며 잔잔한 소음을 만들어준다. 이 빗속은 내 슬픔을 아무도 비웃지 않는 유일한 공간이다. 그리고 이불 속에 들어서야 겨우 혼자가 되는 사람들에게도 이 빗소리가 지친 마음 위로 커튼을 쳐줄 것이다. 이슬비가 점점 가라앉아 고요해진 아침, 나는 녹음 버튼을 껐다. 녹음된 소리의 제목에는 '빗속에 혼자이고 싶은 사람들에게'라고 적어두었다.

이어폰을 낀 누군가에게 이 포근한 빗소리가 부디 혼자만의 안식처가 되기를. 슬퍼하거나 두려워해도 조롱당하지 않는 평온한 공간이 되기를.

어른인 척

"아! 나 또 강간당했어."

너무나 경쾌한 그 목소리에 깜짝 놀랐다. 내가 지금 무슨 말을 들은 거지? 나는 당황스러운 표정을 숨기지 못하고 강의실 안을 두리번거렸다. 목소리의 주인은 강의실 뒤편에 앉은 낯선 남학생이었다. 그는 옆에 나란히 앉은 또 다른 남학생과 둘이서 대화하는 중이었다. 아무리 봐도 얼굴이 낯선 것을 보니 나와는 다른 학부의 학생들인 모양이었다. 나는 내가 잘못 들은 것이기를 바랐다. 하지만 그들의 대화가 다른 소음들을 뚫고 다시 한번 내 귓가에 날아와 꽂혔다.

"새끼, 되게 못하네. 넌 강간당해도 싸!"

"나 한 판만 더 하고 줄게."

"교수 오기 전에는 넘겨."

두 사람은 새로 나온 닌텐도 게임기에 정신이 팔려서 내가 쭉 지켜보고 있는 것조차 눈치채지 못했다. 어쩌면 나의 시선 따위는 신경 쓸 필요를 느끼지 못했는지도 모른다. 나는 입을 벌린 채 그 둘을 한참 바라봤다. 믿고 싶지 않지만 놀랍게도 '강간'이라는 단어가 그들에게는 '게임에 졌다'는 의미였다. 무신경하고 폭력적인 그 표현에 내가 충격을 받은 때에도 그들은 서로를 욕하며 장난을 치느라 여념이 없었다.

강의실은 개방된 공간이다. 수많은 학생들이 수업을 기다리고 있는 와중이었다. 그러나 그들은 강의실 안의 많은 사람들이 자신들의 대화를 듣더라도 아무 상관이 없는 것처럼 보였다. 아무런 죄책감도, 부끄러움도 없이 '강간'이란 말을 희화하해서 내뱉고 웃고 있는 이십대의 성인인 두 사람을 보면서 나는 이루 말할 수 없는 참담한 기분을 느꼈다.

다시 고개를 돌려 책상 위로 시선을 옮겼지만, 가슴속에 먹물처럼 퍼지는 불쾌한 기분은 좀처럼 희석되지 않았다. 닌텐도에서 흘러나오는 게임 효과음과 함께 그들은 폭소를 터뜨렸다. 교수가 강의실로 들어오고 수업이 시작되었을 때가 되어서야 겨우 그들은 입을 다물었다. 언제 그랬냐는 듯이 강의실은 고요해졌다. 교수의 말을 경청하며 필기 소리만이 들려오는 강의실 안에서 나는 충혈된 눈으로 책상을 노려보며 어린 날의 기억을 떠올렸다.

'엄마가 아무한테도 말하지 말래.'

절망적인 목소리로 속삭이던 친구의 떨리는 목소리.

강간이라는 사건이 삶의 모든 풍경에 어떤 얼룩을 남기는지 그들은 모른다. 입을 가리고 조그맣게 웃던 그 애, 머리카락 잘라주는 것이 취미였던 그 애는 앞으로도 이따금 그 일을 떠올리며 살아야 한다. 그런데 누군가는 강간이라는 단어를 우스갯소리로 꺼낸다. 그 단어의 뜻을 알면서도 자신에게는 위협으로 다가오지 않을 일이니 아무 상관 없는 것이다. 나는 울화가 치밀었다. 금방이라도 자리에서 일어나 그들이 그렇게 애지중지하며 쥐고 있던 닌텐도 게임기를 바닥에 던져놓고 마구 밟아주고 싶었다. 그리고 어리둥절한 표정을 할 그 남학생의 따귀를 올려붙이고 싶은 심정이었다.

"대학생 체면에 벌 서고 싶지 않겠죠? 다들 과제 제때 제출합시다."

강의실 여기저기서 작은 웃음소리와 함께 일제히 네에, 하고 대답이 쏟아졌다. 학생들은 신속하게 강의실을 벗어났다. 뒤를 돌아보니 그 두 남학생의 자리는 이미 비어 있었다.

나는 다른 강의를 듣는 동기와 함께 점심을 먹기로 약속했기 때문에 동기가 듣는 강의가 끝나기를 기다려야 했다. 나에게는 공강인 시간이었으니 무엇을 해도 상관없었지만 작성해야 하는 리포트가 남아 있어서 교내 도서관 컴퓨터실을 찾았다. 나는 드디어 대학생이었고, 내게는 시간만 된다면 무엇이든 할 수 있는 자유가 있었다. 하지만 그렇다고 해서 시간이 무한한 것은 아니었다. 가만히 벤치에 앉아 있는 것만으로 자유 시간을 다 허비해버릴 수 있었다.

도서관 컴퓨터실 옆자리에서 키보드 치는 소리가 바삐 들려왔다. 대체 누가 그렇게 열성적으로 리포트를 쓰고 있는 걸까, 궁금해져 옆을 보자 아는 얼굴이었다.

"아, 보영 언니."

조용한 공간에서 나도 모르게 목소리를 내버렸고, 우리는 눈이 마주쳤다. 어색한 미소로 살짝 고개를 숙여 인사하자 그는 입 끝을 올려 웃으며 화답했다. 그러곤 곧 다시 컴퓨터 화면으로 고개를 돌렸다.

그는 나와 겹치는 수업이 많은 같은 과 동기였다. 같은 그룹이 되어 과제 발표를 하게 되었을 때, 모두가 꺼려하는 역할을 그가 도맡아 해주었기 때문에 나를 비롯한 그룹의 정원 모두 수월하게 A+를 받을 수 있었다. 나보다 다섯 살이 많은 그는 차분한 눈빛과 검고 긴 머리카락이 인상적인 사람이었다. 곁을 지나가던 사람들은 무심코 그를 뒤돌아보곤 했다. 얇은 입술로 미소 지으며 나를 바라볼 때는 심장이 바닥으로 떨어질 듯이 설렜다.

발표 때 교수의 갑작스러운 질문에도 당황하지 않고 또박또박 제 의견을 말할 줄 아는 사람이었다. 목소리가 크지 않았지만 그럼에도 사람들을 주목하게 하는 힘이 있었다. 내가 선망하는 어른스러운 대학생의 모습을 두루 갖춘 사람이었다. 나는 눌려야 할 키보드 판을 정확하게 찾아 두드리는 그의 안정적인 타이핑 소리를 들으면서 내 앞의 하얀 모니터 화면의 공백을 하염없이 바라보고만 있었다.

교수들은 내가 살면서 영영 찾아내지 못할 것 같은 심오한 질문을 던졌다. 아무리 책을 뒤져도 정답을 찾아낼 수 없었다. 고등학생 때까지의 수업이 긴 문장이 빼곡하게 적힌 문제지의 답을 찾는 것이라면, 대학생의 수업은 허허벌판 같은 흰 페이지에 긴 문장을 적는 일이었다. 답이 아니라 문제를 만드는 방법을 배워야 했다. 그건 여태까지 오랫동안 익숙하게 공부해온 것을 거스르는 일이었다.

안정적으로 이어지는 그의 타이핑 소리는 영영 끝나지 않을 것 같았다. 나는 눈꺼풀 위로 쏟아지는 졸음을 참지 못하고 책상 위에 엎드렸다.

"여기 있었어?"

어깨를 두드리는 동기의 목소리가 아니었더라면 나는 그대로 모니터 화면 앞에 몇 시간이고 잠들어 있었을 것이다.

대학생활은 대체로 자유로웠다. 점심식사 메뉴를 학교 밖 가게에서 고를 수 있고 수업 중간에 화장실에 가고 싶어도 손을 들어서 허락을 받을 필요가 없었다. 정해진 교복이 아니라 내가 입고 싶은 대로 옷을 입을 수 있었고 머리 길이와 손톱 길이를 매번 자르며 잴 필요도 없어졌다. 하지만 그게 전부였다. 대학 선배들은 전부 어른의 탈을 쓴 어린아이같이 굴었다. 처음 겪어보는 이상한 사회였다.

"분명히 강간이라고 했다니까."

"미쳤나 봐, 말 진짜 이상하게 한다. 대학생씩이나 돼서는."

"그렇지? 나 기분 엄청 더러웠어."

"당연히 그랬겠지. 에이, 잊어버려!"

대학교 앞 식당에서 돈가스를 먹고 난 뒤에 우리는 아이스 아메리카노를 마셨다. 교수와 수업에 대한 이야기를 하다가 대학가에 새로 생긴 아이스크림 가게에 대한 이야기로 넘어갔다. 그리고 곧 우리의 화제는 모든 강의가 끝난 뒤에 담당 교수와 고학번 선배들이 참여하는 뒤풀이 술자리에 대한 걱정으로 이어졌다.

합법적으로 술을 마실 수 있다는 사실은, 내가 성인이 되었다는 증표였다. 그러나 나는 소주의 알싸한 향이나 혀를 얼얼하게 만드는 알코올의 맛에 즐거움을 느끼지 못했다. 신입생인 대부분의 동기들이 마찬가지였다. 평생 맛본 적 없는 독특한 음료였고 단번에 그 맛과 향에 취미를 붙이는 게 쉽지 않았다.

하지만 술자리는 절대로 피할 수 없었다. 전공 수업에 무단결석할 수 있어도 학교 앞 호프집에서의 술자리에 빠지는 것은 불가능했다. 교수와 선배들이 주는 술잔을 받아들고 그 자리에 껴 앉아 있지 않으면 과내에서 평판이 안 좋아졌다. 그런 평판은 곧 학점이나 교우관계로도 이어졌기 때문에 피치 못할 사정이 있더라도, 몸이 좋지 않더라도, 술자리에는 꼭 얼굴을 비쳐야 했다.

그 당시 내 동기는 고학번 선배의 구애에 시달렸다. 조교실 명부에서 내 동기의 휴대폰 번호를 알아낸 선배가 밤마다 동기에게 전화를 하는 통에 동기는 매일 고민하고 괴로워했다. 스토커나 다름없는 행동이었지만 어디에도 하소연할 수 없었다. 대학 내의 모두는 한통속이었다. 대학은 그런 행동이 낭만으로 여겨지는 곳이었다.

"이미 남자친구가 있다고 하면 어떨까?"

"처음부터 그랬어야 하는데……. 추궁할까 봐 무서워서 사실대로 말해버렸어."

"얼마 전에 생겼다고 하면?"

"거짓말하다가 들키면 나 가만 안 둘 거래."

"그거 협박 아니야?"

"장난이라면서 웃더라. 나 너무 힘들어."

우리는 입을 다문 채로 깊은 숨을 내쉬었다. 결국에는 뾰족한 수를 찾지 못했다. 윗사람의 말을 거절하는 방법에 대해서는 배운 적이 없었다. 언제나 인정하기 어려운 꾸지람에도 고개를 숙이고, 싫은 소리를 들어도 예의 바르게 대답하라고 배웠다. 특히 그 상대가 남성일 때는 어떤 상황에서도 인상을 찌푸리거나 차가운 말대답을 해서는 안 되었다. 그게 얼마나 위험한 행동인지는 이 사회 안에서 살아가며 매 순간 깨닫곤 했다. 동기와 나는 결국 어쩔 수 없이 술자리에 참석하기로 결론지었지만 탐탁지 않은 표정으로 각자 다음 수업 강의실을 찾아갔다.

도서관 컴퓨터실에서 인사를 주고받았던 보영 언니가 강의실 맨 앞자리에 책을 펼친 채로 앉아 있었다. 나는 망설이지 않고 그 옆에 가 앉았다.

스물다섯에 대학 새내기가 된 그는 내게 경이로운 존재였다. 그래서 둘이 있으면 나의 일방적인 질문으로 대화가 이루어질 때가 많았다. 그는 고등학교를 졸업한 뒤 바로 은행에 취직해서 대학 입학금을 모았다고 했다. 그리고 야학으로 공부하여 다시 수능을 치르고 뒤늦게 대학에 입학해서 스물다섯, 신입생이 되었다. 대부분의 수업에서 가장 높은 성적을 유지하는 데다가 술자리에서는 소주 한 병을 거뜬히 비워내는 의외의 면모를 보였다. 선배들은 그에게 쉬이 말을 걸지 못했다.

"뭐 걱정되는 일 있어?"

"어떻게 알았어요?"

"그렇게 슬픈 표정으로 나를 바라보잖아. 어떻게 모를 수가 있겠어."

긴 머리를 어깨 뒤로 넘기며 환하게 웃는 그 얼굴에 나도 따라 웃음이 났다. 고등학교에서 바로 대학으로 이어지는 길고 안전한 터널을 지나온 사람들과 다르게 그에게는 울타리 밖의 사회를 경험하고 온 사람 특유의 독립적인 분위기가 있었다. 내가 파도에 이리저리 휩쓸리는 모래알이라면 그는 어떤 일에도 단단하게 제자리에 버티고 서 있는 바위였다.

"언니, 오늘 뒤풀이 갈 거예요?"

"가야지."

"언니는 술을 잘 마시니까 뒤풀이가 싫지 않구나?"

"싫지 않기도 하고, 싫기도 해. 그 중간쯤."

"중간쯤이요?"

노란 형광펜으로 길게 줄이 쳐져 있는 교재의 한 페이지 모서리를 접으면서 그는 미적지근하게 웃었다. 그러곤 부끄러운 듯이 대답을 주저하다가 말했다.

"세상일이 다 그래. 그다지 싫지 않으면서도 싫은 일의 연속이야."

나는 그때 아직 환상 속에 잘못 빠져든 것처럼 대학생이 된 것이 무척이나 기뻤고 행운으로 여겨졌다. 버거운 일이 많았지만 그래도 대부분의 날들이 즐거웠다. 신기하고 새로운 일들을 받아들이는 데에 여념이 없었다. 그렇기 때문에 그의 말을 잘 이해할 수 없었다.

"인생은 그렇게 만만한 게 아니다, 얘들아."

지루한 강의보다 더 견디기 힘든 것이 있다면, 바로 이름 모를 고학번 선배들과 테이블에 둘러앉아 있는 일이었다. 술 마시는 것을 즐기거나 그렇지 않거나 상관없이 모두 술잔을 가득 채워 손에 쥐었다. 몇 시간 동안 우리가 해야 하는 유일한 일은, 끊임없이 계속해서 채워지는 그 잔을 남김없이 삼켜내 비우는 일뿐이었다. 마치 어떤 형벌처럼, 채워지는 술잔을 거절하거나 자리에서 먼저 일어서는 일은 허락되지 않았다. 신입생들은 죄라도 지은 표정으로 시선을 내린 채 앉아 있었다.

"새내기들, 잘 들어라. 사회생활하면서 제일 중요한 게 뭔지 알아? 다른 건 다 필요 없어! 일 순위는 바로, 윗사람 얘기를 잘 듣는 거다. 명심해라."

몸을 가누지 못하고 테이블에 어깨를 걸친 선배는 반쯤 감긴 눈으로 신입생들을 둘러보며 말했다. 술에 취해 어눌한 목소리였지만 나를 비롯한 두 명의 동기들은 테이블 위로 손도 올리지 못한 채로 바르게 앉아 고개를 끄덕였다.

그 선배는 평소 강의실에서 마주쳐도 인사도 제대로 하지 않는 과묵한 성격이었는데, 술자리에서는 정반대로 돌변했다. 술에 취하면 목소리가 커지고 고집을 부리는 성격이었다. 신입생은 모두 꼼짝 없이 앉아서 끝도 없이 이어지는 그의 기나긴 인생 역경에 대한 연설을 들어야만 했다. 그가 얘기하는 사건들은 대부분 아주 오래전에 일어났던 일이었고 이미 졸업한 선배들을 헐뜯는 내용이었다. 신입생들은 처음에는 어떻게든 그의 얘기를 경청하려고 노력했지만 흥미 없는 이야기를 계속 반복해서 듣는 것에도 한계가 있었다. 잔뜩 취한 선배는 그런 후배들의 표정을 유심히 살피며 물었다.

"왜 이렇게 눈치들이 없냐? 잔 안 비워?"

목 뒤로 넘어가는 맥주와 소주가 섞여 씁쓸하고 비릿한 맛이 났다. 삼키는 순간 혀뿌리를 감고 내려가는 그 알싸하고 독한 향에 몸서리가 쳐졌다. 선배는 그제야 신입생들을 흐뭇한 얼굴로 바라보았다.

앞쪽의 중앙 테이블에 검고 긴 생머리가 보였다. 보영 언니는 교수와 함께 중간 테이블에 앉아 있었다. 나는 내심 그가 술자리가 파하기 전에 일찍 일어나며 내게 말을 걸어주기를 바랐지만 그 역시 신입생이었다. 그에게 여태까지 말 한 번 걸어보지 못한 몇몇의 남자 선배들이 이 기회를 틈타 일부러 멀리서 보영 언니의 자리까지 찾아가며 그의 잔을 채웠다.

"술 그만 주세요, 됐어요."

"반가워서 주는 거야. 한 잔 받고 쭉 들이켜."

"더 이상 마시고 싶지 않아요."

"어라? 선배가 주는 건데, 거절하는 거야?"

그때 가게 유리문이 열리고 고학번의 여자 선배 한 명이 뛰어 들어왔다. 그러고는 테이블 중간에 앉아 있는 교수를 발견하자마자 가방 안에서 책과 함께 컴퓨터 사인펜을 꺼냈다. 분홍빛 표지에 철학적 제목이 인쇄된 두꺼운 책이었다.

내 방 책장에도 같은 것이 있었다. 그리고 다른 모든 학생들의 책장이나 캐비닛 안에도 한 권씩 들어 있는 그것은, 담당 교수가 펴

낸 전공 관련 서적이었다. 교재로 쓰이지는 않지만 필수 참고서 역할을 하는 책으로, 교재보다 훨씬 비쌌다. 1학년은 일괄적으로 돈을 걷어 한 번에 공동 구매했다.

"교수님! 죄송해요. 저 알바비가 이제 나와서 책을 좀 늦게 샀어요."

"아니, 뭘 여기까지 가져왔어."

교수는 취기가 오른 탓인지 쑥스러운 표정이었지만 책을 받아들고는 호쾌하게 웃었다. 그 바람에 호프집 안을 가득 채우고 있던 같은 과 학생들의 시선이 모아졌다. 책 안쪽에 사인을 받던 선배는 교수의 옆자리에 자연스럽게 끼어 앉아 교수와 다정하게 이야기를 나누기 시작했다. 걸핏하면 화를 내기로 유명한 교수였는데 옆에서 샐샐거리는 제자의 애교에 만족스러운 웃음을 짓고 있었다. 나는 늘 미간에 주름이 생기도록 찌푸린 표정과 딱딱한 말투로 수업을 하던 모습의 교수를 봐왔던 터라 그런 장면이 퍽 낯설었다.

"쟤는 참 잘해."

"네?"

"눈치가 빨라. 여자애들은 저게 바로 살아남는 방법이지."

나와 같은 테이블의 만취한 선배가 혼잣말처럼 중얼거렸다. 진심으로 감탄하는 말투였다. 나는 혀에 고인 침에서 쓴맛이 느껴져 억지로 삼켰다.

신입생 중에는 아직 아무도 교수의 책에 사인을 받은 사람이 없었다. 책을 사는 것보다 책을 샀다는 사실을 교수에게 알리는 일이 더 중요한 과정이라는 사실을 아무도 몰랐기 때문이었다. 눈치가 빠른 애들은 가방 안에서 같은 책을 꺼내들며 엉거주춤 자리에서 일어났다. 몇몇이 교수의 테이블 쪽에 줄을 서기 시작했다.

"다들 책 표지 너무 예쁘다고 난리예요. 서점에서도 제일 눈에 띄고요."

"허, 예쁘기는! 계집애들이나 그렇게 볼 테지. 나는 출판사에 전화해서 얼마나 화를 냈는지 몰라. 표지가 이게이게, 창녀 팬티 색깔이지, 뭐냔 말이야."

교수와 그 선배의 대화를 경청하고 있던 가게 안의 학생들 사이로 미미하게 웃음소리가 퍼졌다. 나는 주변을 둘러보았다. 대부분의 여학생들은 웃지 않았다. 모르는 여자 선배와 눈이 마주쳤지만 누가 먼저랄 거 없이 시선을 피했다.

"창녀들은 이런 색 팬티를 입나요?"

차분한 목소리가 화기애애한 분위기에 찬물을 쏟았다. 그 목소리의 주인에게 모두의 이목이 집중된 것은 한순간이었다. 교수의 정면에 앉아 있던 보영 언니였다. 그는 긴장 속의 기괴한 침묵과 교수의 따가운 눈빛에도 아랑곳하지 않고 다시 정확한 목소리로 조곤조곤 물었다.

"아니면 화려한 색의 팬티를 입으면 창녀가 되나요?"

"너 지금 뭐 하는 거야. 미쳤어!"

고학번의 다른 남자 선배가 소스라치며 자리에서 벌떡 일어나 화를 냈다. 교수는 아무 말 없이 그를 노려보고 있었다. 나는 금방이라도 바닥이 갈라질 것 같은 그 긴장되는 분위기가 무서웠기 때문에 꼼짝도 못한 채 앉아서 눈치만 보았다. 그러나 보영 언니는 고개를 숙이거나 울먹이지 않았다. 그는 조용히 자리에서 일어나서 가방을 어깨에 걸쳤다. 그리고 교수를 향해 차분하게 말했다.

"제 질문이 교수님을 불쾌하게 해드렸다면 사과드려요. 죄송합니다. 정말 궁금해서 여쭤본 거였어요. 다들 저 때문에 불편한 것 같으니까 먼저 실례하겠습니다."

그는 가게 밖으로 나갈 때까지 등 뒤에 무수한 가시처럼 와 박히는 따가운 시선을 받아야 했다. 모두가 조용해졌다. 이윽고 교수는 불쾌한 표정으로 자리에서 무겁게 일어났다. 고학번의 선배들이 교수의 곁에 붙어서 따라 나갔다. 남겨진 학생들은 웅성거리며 방금 일어난 일에 대해서 떠들어댔다.

그때 그 술자리가 어떻게 끝났는지는 기억나지 않는다. 그 뒤로도 몇 번의 뒤풀이가 있었지만 보영 언니는 참석하지 않았다. 학교에서 마주치는 일도 줄어들었다.

"너 스토킹하던 그 선배, 요즘 어때?"

"뚝 끊겼어. 다행이지? 다른 과에 맘에 드는 애가 있나 봐."

"그렇구나. 다행이긴 한데… 걔도 안됐다."

"어쩔 수 없지. 그래도 나는 편해졌어."

동기는 후련한 표정으로 웃으며 말했다. 나도 동기를 따라 웃었다. 하지만 얼굴도 모르는 다른 과의 여학생이 또 내 동기와 같은 스토킹에 시달려야 한다는 생각에 마음이 편하지는 않았다. 어째서인지 무거운 짐을 다른 사람에게 억지로 떠맡긴 것처럼 죄책감이 들었다. 동기도 마찬가지였는지 잠시 뜸을 들이며 생각에 잠겨 있다가 손뼉을 마주치며 화제를 바꿨다.

"맞다, 그거 말이야!"

"응?"

"대학 교수가 어떻게 그래? 본인이 창녀 팬티 색깔은 어떻게 안대? 봤나 보지?"

"그러게. 다들 웃고 있어서 나만 기분 나쁜 줄 알았어. 보영 언니가 직설적으로 물어보니까 알겠더라. '아, 불쾌한 게 당연하구나. 잘못된 거구나.' 하고."

"근데… 꼭 그렇게까지 했어야 했나 싶어. 그래도 교수님은 어른이잖아."

"응?"

"무례했던 것 같아. 어른한테 그런 식으로 대들듯이 말하는 건, 좀……."

동기의 말에 나는 의아해서 물었다.

"우리는? 어른 아니야?"

"야! 우리가 무슨 어른이야. 그냥 대학생이지."

다음 수업 시간에 쫓겨 이야기를 다 마무리하지 못하고 우리는 자리에서 일어났다. 바지에 붙은 과자 부스러기를 바닥에 털어내고 캔에 남은 음료수를 전부 삼킨 뒤에 빈 캔은 쓰레기통에 던져버렸다. 강의실에 교수가 들어오기 전에 화장실에 들렀다가 자리에 앉아 있기 위해서 종종걸음으로 뛰어야 했다.

언뜻 '대학생'이라는 말은 지식과 자유의 상징 같지만 실상은 고등학생에서 이어지는 흐름의 한 부분일 뿐이다. 사회가 갑자기 입혀준 '어른'이라는 위치는 그저 겉옷일 뿐인 데다가 거추장스럽고 무거워서 몸에 잘 맞지 않았다.

교수는 아직 도착하지 않았고 강의실 안은 한산했다.

"막말로 본인이 창녀가 아닌데 왜 그렇게 화를 내냐?"

강의실 창밖에서 누군가가 불쑥 말을 던졌다. 그때의 일에 대해서 얘기하고 있는 것이 분명했다. 뒤풀이 당시 나와 같은 테이블에 있던 남자 선배였다. 제대 후에 다시 1학년 수업을 듣게 된 그 선배는 수업 중에도 담배를 피우느라 자주 밖으로 나가 있곤 했다. 그의 옆에서 대화하고 있는 쪽도 다른 학번의 선배였다.

"솔직히 교수가 잘못 말하긴 했지."

"야, 상황을 봐야지. 그냥 웃자고 하는 얘긴데 어린애도 아니고 왜 넘어가질 못하냐고. 걔 하나 때문에 요즘 교수님도 심기 불편하고 수업 분위기 이상하잖아. 그리고 이건 장유유서의 문제야. 어디 버릇없이 어른한테 그따위 말을 해, 여자애가."

그때의 나는, 창밖의 그 담배 연기에 반발심이 들지 않았다. 분명 교수의 발언은 불쾌한 농담이었지만 '어른의 농담'이었다. 그렇기 때문에 그 정도는 그냥 웃으며 넘어가줄 수 있는 아량을 베풀어야 할지도 모른다는 생각을 했다. 그렇게 해서 이어지는 그 화기애애한 분위기가 가짜 평화라 하더라도. 내가 편입되어 들어온 대학생의 사회는 '어른들의 사회'였고 그런 말장난쯤은 웃으며 넘기는 것이 관례라고 모두가 말했다. 그리고 나 또한 그렇게 믿었다.

왜냐하면 우리들은 '창녀'가 아니었기 때문이다. 나와 동기들은 얌전하고 착한 여대생들이었다. 그렇기 때문에 창녀를 무시하는 발언은, 엄밀히 말하면 우리와 전혀 상관이 없다고 생각했다. '창녀'와

'팬티'라는 단어가 가지는 외설적인 분위기가 단지 불쾌했을 뿐이었다. 교수 앞에서 그런 불쾌감을 드러내며 질문할 정도로 그가 화난 이유를 나는 제대로 알지 못했다.

　교수는 그전과 다름없이 수업을 진행했고 학과 과정은 정신없이 이어졌다. 내게는 매주 제출해야 하는 과제가 줄지어 기다리고 있었다. 축제 무대를 위해 합창과 마임 등의 공연을 준비해야 했기 때문에 방과 후에는 삼삼오오 모여 장기자랑을 준비하느라 더욱 바빴다. 그래서 보영 언니에 대한 일은 다른 자잘한 사건들과 함께 내 기억 속에서 조금씩 잊혀 갔다.

　"걔 요즘 학교 안 나온다더라?"

　"네?"

　"너 걔랑 동기지? 창녀 팬티."

　교내 식당 앞 벤치를 지나고 있을 때였다. 농구공을 굴리고 있던 같은 과 남자 선배 무리 중에서 누군가 내게 불쑥 물었다. 나는 그들의 이름을 외우려고 한 학기 내내 노력했지만 실패했다. 간신히 얼굴만 외워서 지나치지 않고 인사를 할 수 있는 수준이었다. 나는 불쾌감을 숨기며 찌푸린 얼굴을 겨우 무표정하게 바꿨다. 나는 그들이 '창녀 팬티'라고 부르는 게 누군지 알고 있었다. 화가 나서 눈가가 뜨거워졌다.

　"걔 휴학했다는데 맞냐?"

　"모르겠어요."

　"동기한테 관심 좀 가져라. 걔 친구 없다더니 진짠가 보네."

사실 그는 4학년 선배들보다 더 연상이었다. 하지만 학번이 더 중요한 대학 내에서는 모두 하나같이 그를 '개'라고 불렀다.

"그럼 그 소문도 진짜였나?"

학기가 바뀌는 사이에 묘한 소문이 돌고 있었다. 그가 대학에 오기 전에 일했던 곳이 서울역 주변의 어느 지하 바였다는 소문이었다. 그리고 그가 다시 그곳으로 돌아갔다는 말도 있었다. 누군가가 정말로 바에서 낯선 모습을 한 그와 마주쳤지만 모르는 척했다는 얘기도 했다. 그때 그가 교수의 책 표지 같은 핫핑크 미니스커트를 입고 있었다는 말까지도.

나는 그게 전부 터무니없는 소문일 뿐이라는 것을 알고 있었다. 악질적인 모함이었다. 하지만 그렇다고 해도 나는 그를 변호할 수 없었다. 내가 알고 있는 그의 과거에 대해서 확신할 수 없었다. 정말 그가 은행에서 일하는 모습을 본 것도 아니었다. 아무것도 믿을 수 없었다. 그리고 그를 변호할 확실한 증거가 있다고 해도 내게는 그들에게 맞서는 일이 벼랑 끝에서 떨어지는 일만큼 두려운 일이었다. 무언가를 속삭이다가 일제히 웃음을 터뜨리는 그들의 곁을 조용히 지나오면서 나는 입술을 깨물었다. 나는 이따금 그에게 문자를 보냈지만 답장은 오지 않았다.

이듬해에 담당 교수는 또 다른 책을 출간했다. 이번에는 오랜 교수 생활에 대한 에세이였고 표지는 우거진 소나무가 그려져 있는 짙은 녹색이었다. 학년이 바뀌었기에 우리는 그 에세이를 일괄적으로 구입하는 것뿐만 아니라 수업이 끝나자마자 모두 한 줄로 서서 책 안쪽에 사인을 받아야 한다는 사실도 알고 있었다. 나는 뒤늦게 책값을 내기 위해서 조교실에 찾아갔다.

"어디 보자, 너 말고 여덟 명이 아직 안 냈네. 목록 보고 연락할 수 있는 사람한테 연락 좀 해줄래?"

조교가 건넨 목록을 들여다보다가 검은 줄이 쳐 있는 보영 언니의 이름에 시선이 멈췄다. 그가 휴학을 신청한 것은 사실이었다. 나는 한참 그 이름을 내려다보다가 조교에게 조심스럽게 물었다.

"혹시 이 언니, 왜 휴학한 건지 아세요?"

"아, 걔? 휴학 아니고 자퇴야."

"네? 왜요?"

"전에 다녔던 은행에서 재입사 제의가 들어와서 고민하더라. 그래서 일단 휴학 신청하고 알바 개념으로 다녔나 본데, 아예 은행 직원으로 갈 생각인가 보더라고."

"정말이에요?"

"그래. 오늘까지 서류 제출하러 올 거야."

책값을 내고 난 뒤에 교문 앞까지 걸어 나왔지만 발길이 떨어지지 않았다. 그를 만난다고 해도 하고 싶은 말은 없었다. 우리는 가끔 수업에서 대화를 할 뿐, 단둘이 교내 식당에서 식사를 해본 적도 없는 사이였다. 나는 그에 대한 터무니없는 소문에 벌떡 일어나서 불쾌감을 표한 적도 없었다. 어쩌면 그 모든 소문이 사실일 수도 있다는 생각으로 비겁하게 고개를 숙인 채 외면했다. 그런데도 그를 만나고 싶어 하는 내 마음이 스스로도 이상하게 느껴졌다. 나는 교문 앞에서 조금 벗어나며 큰길까지 도망치듯 걸어갔다가 그

의 얼굴을 떠올리며 다시 되돌아왔다. 어쩌면, 이 기회를 놓치면,
다시는 그와 만날 일이 없을지도 모른다는 생각이 들었던 것이다.
그를 한 번은 꼭 만나야 했다.

"왜 거기 서 있어?"

교문 앞에 멈춰 선 지 얼마 지나지 않아서 그가 내 쪽으로 걸어
왔다. 나를 반가워하는 표정으로 눈을 크게 뜨고 다가오는 그에게
주저하며 말했다.

"기다렸어요."

"나를?"

당황한 표정으로 그는 웃었다. 바로 어제 강의실에서 마주쳤던
것처럼 그의 모습은 변한 것 하나 없이 친근했다. 연갈색의 머플러
를 목에 두른 채로 가을의 대학생 같은 분위기를 냈다. 그는 긴 머
리칼을 귀 뒤로 넘기면서 팔 안에 안고 있던 서류봉투를 흔들었다.

"나 학과사무실에 다녀와야 하는데……"

그때까지 나는 교문 앞에서 기다리겠다고 했다. 그는 왜 그러느
냐고 묻지 않았다. 우리는 학교에서 멀지 않은 곳에 위치한 카페에
마주 앉았다. 내 앞에는 머그에 담긴 코코아가 놓였고 그는 녹차라
떼를 주문했다.

즐거웠던 일들에 대해서 먼저 이야기하기 시작한 것은 보영 언니
였다. 어떤 교수의 말버릇이나 발표 자료의 오타 때문에 한바탕 폭
소를 터뜨렸던 일, 교재의 복사가 잘못된 페이지를 누군가 우스꽝
스럽게 읽었던 것까지 그는 전부 기억했다. 내게는 지루하기 짝이

없던 그 순간들을 그는 눈빛을 빛내며 얘기했다. 나는 참지 못하고 말했다.

"저기……. 언니에 대한 이상한 소문이 돌고 있어요."

"알아."

"그것 때문에 학교 그만두는 거예요?"

그는 고개를 저었다. 내 걱정스러운 표정에 손을 내두르며 웃었다.

"정말 아니야! 그런 것 때문에 그만둔다면 이 험난한 세상 어떻게 살겠어?"

그는 이어 말했다.

"생각보다 생활비도 더 많이 들어가고, 졸업할 때까지 금전적으로 불안해서 버틸 수가 없을 것 같더라. 아무래도 일하는 게 마음 편해. 그렇게 궁금했던 MT도 가봤고 장학금도 타봤고, 남들처럼 대학생으로 지내봤으니까 나는 만족해."

카페 밖으로 나오면서 그는 아쉬운 듯이 교문 쪽을 뒤돌아보았다. 나에게는 그 뒤로도 몇 년을 더 지나야 벗어나는 교문이었지만, 그에게는 이제 돌아올 일 없는 곳이었다. 벌써 한 발자국 멀어져서 나를 추억처럼 그리운 듯 바라보는 그에게 나는 작별 인사도 하지 못하고 있었다. 그가 먼저 입을 열었다.

"학교 안에서 일어나는 일들에 너무 신경 쓰지 마. 교수님이나 선배들 말 너무 믿지 말고. 그 사람들 중에 정말 중요한 말을 하는 사람은 손에 꼽을 정도니까."

지하철역 입구에 멈춰 서서 그는 웃으며 말했다.

"저 교문 안이 얼마나 작은 세계인지 알게 되면, 넌 아마 깜짝 놀랄 거야."

그때까지 내가 가보았던 가장 큰 세계를 벗어나며 그는 그렇게 말했다. 그렇게 우리는 지하철역에서 마지막으로 인사했다. 그는 이제 유니폼을 입고 다시 은행 카운터에 앉아 손님의 통장을 펼쳐보고 지폐를 셀 것이다. 그리고 그가 없는 학교에서는 이따금 공강 시간의 나른한 분위기를 채우기 위해서라도 그에 대한 농담이 여기저기서 튀어나올 것이다.

나는 그에 대한 악질적인 농담이 선배들 사이에서 시시해져서 작은 얼음처럼 녹아 사라지는 동안, 묵묵히 학교를 다녔다. 내가 뿌리내리기로 결심한 나의 작은 사회에 적응하고 살아갔다. 담배 연기에 찌든 휴게실 소파에 앉아 실없는 농담을 하거나 남학생들의 끝 모르는 음담패설에도 얼굴 붉히지 않고 태연한 표정으로 타박하는 것 정도로 나는 어른스러움을 배웠다고 생각했다. 그러는 동안, 끔찍하게 싫었던 뒤풀이 술자리가 내게 싫기도 하고 그다지 싫지 않기도 한 일이 되었다.

"자, 자! 오늘은 낙오자 없이 밤새 마시는 거다!"

선배들 사이에 끼어 앉은 신입생들은 어색한 미소로 서로의 눈치를 살폈다. 선배가 되어서 바라보는 그 모습은 짠한 데가 있었다. 어떻게든 새로운 사회에 밉보이지 않고 적응해보려고 노력하는 그 표정에 지난날의 내가 투영되어 보였다.

나에겐 더 이상 두려운 술자리가 아니었다. 교수가 참여하지 않은 술자리에서는 학번이 높은 선배들이 가장 어른 행세를 했다. 나는 일찍 자리에서 일어날 생각이었다. 그날은 남자 동기와 선배들이 유독 한 여자 신입생에게 몰려들었다.

"여대생이라는 말이 너한테 딱 어울리는 것 같다. 한 떨기 꽃이야, 꽃."

"감사합니다……."

"너도 너 예쁜 거 알지?"

"아뇨……. 저는 그냥……."

"거짓말하네! 내숭 떨 필요 없어."

당황해서 얼굴이 빨개진 신입생을 둘러싼 그들은 까마귀떼처럼 웃었다.

"굶주렸냐? 왜들 그래!"

멀리서 한 선배가 그렇게 말하자 웃음소리가 더 커졌다. 신입생들은 아무도 웃지 않았다. 입술을 억지로 끌어올리고 있었지만 그들의 눈빛에서 당황스러움과 두려움을 숨길 수는 없었다. 모두가 함께 웃지 못한다면 그건 즐거운 자리가 아니다.

"솔직히 우리 학번이 좀 수준이 낮았지."

"그래도 괜찮은 애 하나 있었는데 자퇴했잖아."

"아, 그 누나. 괜찮았지."

술 취했기 때문이 아니었다. 그들은 눈앞에 앉아 있는 후배를 비롯해서 과내 여학생들의 외모에 대한 평가를 자연스럽게 나눴다. 함께 대화하는 사람 중에는 여자 선배도 있었다. 성격이 시원하고 털털하다고 알려진 선배였고, 아무 거리낌 없이 남학생들 사이에 끼어 음담패설에 즐겁게 가담하곤 했다.

"아, 너희 학번에 걔! 근데 성격이 좀… 또라이 같지 않았어?"

"원래 예쁜 애들이 좀 버릇이 없잖아요. 그 정도는 봐줄 수 있죠, 뭐."

"그래, 엉덩이 가벼운 것보단 도도한 게 훨씬 낫지."

나는 테이블을 손바닥으로 짚으며 자리에서 벌떡 일어섰다. 화기애애하게 떠들던 사람들이 모두 나를 바라보았다. 팔이 떨리고 고개를 들 수가 없었다. 나는 내가 어떤 표정을 하고 있는지 스스로 확인할 수 없다는 사실이 두려워졌다.

"화장실 좀… 다녀올게요."

등 뒤로 계속 이어지는 웃음기 섞인 대화는 손을 씻는 내내 귓가에 맴돌았다. 나는 그대로 술자리를 빠져나왔다. 사실 그 자리에서 가장 뛰쳐나오고 싶은 사람은, 한 떨기 꽃송이가 된 신입생이었을 것이다. 그 신입생은 여기저기에서 소주병을 든 낯선 얼굴의 선배들이 불쑥 다가와 잔에 술을 따르면 꼼짝 없이 웃으며 받아 마셔야 하는 지옥 한가운데에 있었다.

지하철을 타고 집에 가는 내내 창밖으로 빠르게 지나가는 풍경을 기운 없는 눈길로 바라봤다. 대학이라는 곳에 대한 환상이 없어진 것은 아주 오래전이었지만, 대학생과 어른의 사이에 어정쩡한 자세로 서 있는 나는 대체 무엇인가 하는 회의감은 갈수록 더 깊어졌다. 지하로 들어오자 어두운 창문에 내 얼굴이 비쳤다. 지친 표정으로 보영 언니를 떠올렸다.

'저 교문 안이 얼마나 작은 세계인지 알게 되면, 넌 아마 깜짝 놀랄 거야.'

다정한 목소리가 떠오르자 울컥, 눈물이 났다. 나는 지하철 손잡이를 쥔 내 팔에 눈가를 문질러 눈물을 닦아냈다. 도서관 책상에 고개를 기댄 채로 눈을 감으면, 옆자리의 그가 타닥타닥 타이핑 소리를 내며 리포트를 쓰고 있을 것 같았다.

대학을 졸업할 때까지 한동안은 그렇게 그를 떠올리며 생각에 잠기곤 했다.

'당신의 마음을 두드리는 타자기 소리'

카메라 화면에 흰 키보드와 손등이 보이게 맞춰둔 채로 나는 의미 없는 말들을 컴퓨터 화면에 적어내려 간다. 타이핑 소리가 잘 녹음되도록 일부러 손가락 끝에 힘을 주어서 키보드 판을 누른다. 연기하듯이 손가락을 신속하게 옮기지 않으면 부자연스러운 소리가 난다. 바쁜 시간을 쪼개서 리포트를 작성하는 대학생인 것처럼 스스로 최면을 걸며 손을 움직였다. 빠르게, 가끔 고민하다가 또다시 빠르게, 힘들게 얻은 기회를 놓치지 않으려고 치열하게 공부하던 보영 언니처럼.

그의 타이핑 소리는 내가 있는 곳이 어딘지를 알려주는 소리였다. 그곳에서 나는 대학생과 어른 사이를 갈팡질팡했지만 때론 '나'에 더 근접하게 다가갔다. 그곳은 좀더 나은 사람이 되기 위해서 세상에 질문을 던지는 곳이었다. 나는 적어도 내 행동으로 인해서 누군가가 상처받을지도 모른다는 고민을 할 줄 아는 사람이 되고 싶었다. 그게 바로 '어른'이다. 어른인 척하지 않는 순간, 어른이 된다.

타닥 타닥 토독 탁.

장작 타는 소리처럼 열정을 태우는 누군가의 타이핑 소리를 흉내 내어 본다. 누군가는 이 타이핑 소리를 들으며 머릿속의 정리되지 않는 생각들을 나열해보고 잠시 멈춰 설 수 있는 시간을 가질 것이다. 너무나도 작은 사회 안에서 하루 종일 어떤 말을 들었는지 다시 떠올려보고, 정말 잊지 않아야 하는 말을 되새겨볼 것이다.

나는 길게 이어지는 문장을 다시 지우고 쓰며 고민하는 타이핑 소리를 좋아한다. 내 곁에서 함께 노력하는 사람이 있다는 것을 알려주는 것 같다. 엉킨 실타래처럼 머릿속이 복잡한 순간에 내가 그의 얼굴을 떠올리는 것처럼, 누군가에게 이 소리가 응원이 될 것이라고 생각하면 가슴속이 뜨겁게 달궈진다.

한 시간 가까이 녹음된 '당신의 마음을 두드리는 타자기 소리'를 유튜브 채널에 업로드했다. 영상이 올라가는 동안, 컴퓨터 화면을 바라보았다. 타이핑 소리를 녹음하느라 키보드를 두드리면서 화면에 적어놓았던 낙서가 보였다.

'후회. 틀렸다. 잘못됐다. 말하지 못했다. 억지웃음. 후회. 후회.'

불편한 소리를 들을 때 웃으며 넘어갔던 것은, 어른스러움이 아니라 회피였다. 그들은 그저 제 욕심껏 떠들어대고 싶었던 것뿐이다. 그리고 그걸 당연히 따라야 하는 일처럼 포장했다. 나는 그 어설픈 포장이 거짓임을 눈치챘지만 그대로 침묵했다. 그들 속에 숨죽이고 숨어 있었다. 괜찮은 척, 모르는 척, 어른이라는 속물인 척.

유튜브에 올라간 타이핑 영상을 클릭해서 확인해보았다. 타닥타닥 토독 탁. 내가 내 곁에 앉아서 무언의 응원을 보내는 소리가 들려왔다. 그리고 나는 그제야 솔직한 내 마음의 이야기를 듣는다.

내가 그를 정말 좋아했다는 것을, 그 후회 속의 단 한 순간이라도
그 같은 사람이 되고 싶었다는 것을.

5

어설프게 잠긴 수도꼭지

"왜 거기 있죠?"

주변을 둘러보았다. 파티션으로 가로막힌 각자의 책상 앞에서 모니터 화면에 집중하고 있는 다른 직원들의 머리꼭지가 보였다. 쏘아 묻는 그 질문이 자신을 향한 것인가 싶어서 두리번거리는 사람은 나뿐이었다.

"저요?"

"그럼 누구겠어요. 왜 거기 있느냐고 묻잖아요."

그 질문은 나를 낯선 골목에 우뚝 멈춰 선 미아로 만들었다. 다그치는 목소리에 주눅이 들어 말문이 막혔다. 주변에서 많은 사람들의 귀가 내 대답을 기다리고 있다는 생각에 더 고개가 숙여졌다. 나는 대답할 말을 고르며 내 책상을 내려다보았다. 책상 위에는 선배 직원들이 오전에 지시한 일들이 어질러진 듯이 남아 있었다. 주된 업무는 여행 잡지 속 여행 용품에 대한 광고면을 각 브랜드별로 분류하여 파일 처리하거나 사이트 게시판 댓글에 하나씩 친절하게 답을 달아주는 일 따위였다. 특별히 어려운 일은 없었지만 하나하나 시간이 많이 걸렸다. 신입이었기 때문에 긴장한 탓에 사소한 실수도 잦았다. 그때의 나는 커터 칼로 사진을 오리다가 실수로 베인 손가락에 반창고를 붙이던 도중이었다.

대답 없는 내게 가까이 다가오는 팀장님의 날선 눈빛에 나는 눈치껏 고개를 들고 똑바로 섰다. 짚고 선 책상이 흔들리자, 형광펜 하나가 책상 밑으로 굴러떨어졌다.

"내가 투어 명단 확인하고 점심때까지 우편물 다 보내라고 했던 것 같은데?"

"아! 지금 우편물 챙기려고요. 다시 확인해보고……."

"좀 서두를 수 없어요? 꼼꼼한 건 좋은데 너무 굼뜨면 퇴근이 늦어지잖아요."

"죄송합니다."

"열심히 한답시고 일 오래 붙들고 있는 거 좋은 버릇 아니에요. 우체국에 사람 많을 시간이니까 빨리 다녀와요."

"네, 죄송합니다. 지금 다녀올게요."

급하게 서류봉투를 챙겨 안고 사내용 슬리퍼를 구두로 갈아 신었다. 첫 입사 기념으로 부모님이 선물해준 구두였다. 앞코가 뾰족하게 생겨서 발끝을 모으는 형태이기 때문에 걸을 때마다 새끼발가락이 아팠지만 그 고통을 감내할 만큼 예쁜 구두였다. 내가 회사

원이 되면 꼭 신고 싶었던 모습 그대로였다. 그걸 신고 내려다볼 때
만큼은 내가 대학 시절 꿈꾸던 커리어 우먼이 된 것처럼 느껴졌다.
하지만 걸음을 옮길 때마다 욱신거리는 통증은 볼품없는 신입사원
인 내 발가락에 찌릿하게 퍼졌다.

우체국에서 번호표를 받고 차례를 기다리는 동안, 나는 우편봉
투 뒤쪽의 주소와 이름들을 다시 하나씩 살펴보며 목록과 대조해
보았다. 그들은 여행사의 환영 카드를 받고 코앞으로 다가온 여행
을 떠올리며 설렐 것이다.

내가 처음으로 입사한 그 회사는 작은 여행사였다. 대학 졸업 전,
입사 희망 회사 목록을 다이어리에 적어놨었고 그 여행사는 목록
안에 없었다. 나는 이름만 들어도 모두가 아는 대기업에만 이력서
를 보냈다. 목록의 수많은 회사 중에 한 곳쯤은 나를 받아줄 거라
는 터무니없는 믿음 때문이었다. 하지만 아무 곳에서도 답이 없었
다. 정중하게 거절의 메시지를 담은 문자나 메일을 보내는 곳조차
드물었다. 1차 면접을 본 적도 있었지만 끝내 합격되지는 않았다.

회사는 학교와는 전혀 다른 성격의 그룹이라는 것을 몰랐다. 성
적에 맞춰서 지원했던 대학은 1차 지망 학교에는 떨어졌지만 2차와
3차 지망 학교에 예비 합격이 되었다가 결국에는 둘 중 한 곳에서
합격 통지서를 받을 수 있었다. 하지만 회사는 내가 지망하는 것에
대해 들으려 하지 않았다. 오직 통보뿐이었다. 수많은 거절 통보가
메일 수신함에 꽂힐 때마다 나는 내가 모르는 몸속 어딘가에 가시
가 박힌 듯 괴로웠다. 이 세상에서 쓸모없는 존재가 된 것 같았다.

보드라운 침대 시트 위에 누워 있는 것조차 죄책감이 들었다.

면접을 보는 회사들의 유리 회전문을 밀고 나올 때마다 나는 점점 거절을 당연하게 생각하게 되었다. '나 같은 게 취직될 리가 없지. 나 같은 게 뭘 할 수 있겠어?' 그런 생각들은 나를 괴롭히는 한편으로 나를 안정시켰다. 아침이 되어도 이불 밖으로 나갈 필요가 없다는 안도감 같은 것이었다. 어차피 나를 필요로 하는 곳이 없으니 노력할 이유도 없다고 마음속의 내가 나에게 속삭였다.

"왜 한 번도 휴학을 안 했죠?"

"네? 꼭 휴학해야 하나요?"

"아니… 요즘 학생들 학기 중에 인턴십이다, 어학연수다, 교외활동 많이 하잖아요? 아르바이트 이력도… 취업 목적 아니었죠? 공통점이 하나도 없네요. 우리 회사 지원 동기는 뭐죠?"

"저, 예전부터 여행을 항상 꿈꿔왔고 여행을 좋아했습니다. 그래서 큰 관심을 가지고 이곳에 지원하게 되었습니다."

"해외여행 경험도 없네요?"

"네. 아직은……."

"국내여행을 다닌 기록도 없는데, 마지막으로 여행을 가본 게 언제죠?"

"고등학교 수학여행입니다. 제주도를 갔었습니다."

절망스러운 마음으로 찾아갔던 면접장이었다. 나는 취직이 절실했지만 스스로에 대한 자신감조차 없었고, 뭐든 할 마음이었지만 아무것도 준비된 것이 없었다. 나는 친구에게서 빌린 정장 치마의 주름진 부근을 내려다보며 눈물을 참았다. 드라이클리닝을 한 번

하는 데에도 만 원이 들었다.

머릿속에 스치는 사 년간의 대학생활이 부질없게 느껴졌다. 대입을 위해서 애써왔던 십수 년이 허탈했다. 그곳은 블라우스 위에 옷핀으로 달아놓은 번호표로 불리며 그간 나의 행적들을 평가받는 자리였다. 이력서 어딘가를 볼펜으로 체크하는 거침없는 손길에 내 가슴에는 생채기가 났다. 면접은 경험해볼수록 점점 더 불편한 자리였고 심사위원들의 눈빛에는 도무지 적응이 되질 않았다.

나를 뽑지 않을 거라는 확신은 늘 잘 맞았다. 다음 기회에 연락을 주겠다는 말은 모두 예의 바른 거짓말이다. 그런 말을 한 뒤에 연락을 준 곳은 단 한 곳도 없었다. 나는 하루 종일 휴대폰을 손에 쥐고 있었다. 그리고 대학 동기들의 취직 소식을 건너 전해들을 때면 새벽녘 베갯잇을 눈물로 적셨다. 동기들을 축하하는 마음보다도, 면접에 합격된 것이 내가 아니라는 것에 분하고 서러운 마음이 더 선명했다. 그런 내 못난 진심을 들여다보며 혼자 괴로워했다. 방문 틈으로 그런 나를 지켜보던 엄마는 답답한 듯 말했다.

"네 사촌언니도 뒤늦게 휴학하고 시험 쳐서 합격했잖아! 지금도 늦지 않았어."

"그 언니는 원래 공부 좋아했잖아요. 난 아냐."

"9급 정도면 너도 할 수 있어! 걔가 하는데 너는 왜 못하겠니?"

"한번… 생각해볼게요. 시간을 좀 주세요."

"고시원이랑 학원비는 너무 걱정하지 말고, 응?"

생각할 시간이 아니라 현실 도피할 시간이 필요했다. 사실 내겐 공무원 시험을 준비할 마음이 없었다. 그건 부모님의 바람일 뿐이었다. 나는 공부에 대한 흥미나 재능이 부족했고 끈기도 없었다. 다시 교복을 입었던 시절로 돌아가서 책상에 못 박힌 듯 앉아 있는 것은 상상만으로도 날 괴롭게 했다. 하지만 대학 졸업 후에도 제대로 된 직장을 잡지 못하고 있었기 때문에 부모님께 죄송하고 민망한 마음에 잘라내듯 거절하지 못했을 뿐이었다. 게다가 반년 넘게 취직은 되지 않은 상태로 아르바이트를 전전하고 있는 상황이었다. 달리 준비된 계획도 없었기 때문에 부모님의 그런 제안을 거절할 만한 명목이 없었다. 나는 결국 마음 내키지 않는 공무원 시험에 대해 진지하게 알아보기 시작했다.

그러던 중에 마지막으로 면접을 보았던 여행사에서 연락이 왔다.

"다시 한 번만 말해주세요. 뭐라고요?"

"합격하셨습니다. 다음 주 월요일부터 출근하세요."

"왜요? 왜 합격한 거죠?"

"네?"

"아니에요. 아닙니다. 감사합니다!"

나는 합격 전화를 받아본 것이 처음이었기 때문에 전화를 끊고 나서도 믿을 수 없어서 통화목록을 확인했다. 꿈은 아니었다. 합격자 명단에서 내 이름이 누락되어 있었다고 했다. 그게 사실인지 아니면 그저 추가 인력이 필요했던 것뿐인지는 알 수 없지만 나는 휴대폰을 뺨에 붙인 채 떨리는 목소리로 감사하다는 말을 몇 번이고 반복했다.

뒤늦은 취직을 축하하며 친한 대학 동기가 나를 대패 삼겹살집으로 데려갔다. 불판 위에서 지글지글 구워지며 얇게 오그라드는 꽃봉오리 같은 삼겹살을 내려다보면서 나는 물었다.

"왜 나를 뽑았을까? 토플 점수도 엉망인데. 인턴십 경험도 없고…… 쓸데없이 일찍 졸업하기만 해서 이력서도 얄팍하잖아. 왜 날 뽑았지?"

"그러니까 뽑은 거지. 일손이 필요하니까. 넌 그냥 딱 손발이니까."

"손발? 머리가 텅텅 비었다. 그거야?"

뜨겁게 구워진 불판 위에서 까맣게 비계 부분이 그을리기 시작한 대패 삼겹살을 내 앞 접시와 제 앞 접시에 공평하게 집게로 나눠 옮기며 동기는 웃었다.

"그럼 네가 그 회사의 우두머리라도 될 줄 알았어? 엄연히 사장이 있는데?"

"그런 뜻은 아니고. 그래도 손발이라니까…… 욕 같잖아."

"욕 아니야. 모든 회사에서 제일 좋은 비정규직 사원은 단순한 사람이래. 자기 책상 위에 떨어진 일만 죽어라 열심히 하면 되는 거야. 그게 회사 입장에서는 최고지. 너는 화려한 경력은 없지만 그래도 말 잘 듣게 생겼잖아."

"그게 좋은 거야?"

"당연하지. 모름지기 여자는 고분고분하고, 착하게 생긴 게 이 사회에서는 최고야. 제일 잘 먹혀. 너는 딱 보면 그렇잖아. 화장도 잘 못해서 꾸밀 줄도 모르고, 뭐든지 열심히 할 것 같잖아. 꾸지람 들어도 막 대들 것같이 생기지도 않고, 말 잘 듣게 생겼잖아."

"그게 뭐야. 다 욕이네? 누가 그런 이유로 직원을 뽑아."

"다들 그렇게 뽑아. 이 세상이 원래 그런 거 아니겠어?"

두 손바닥을 내보이며 우스꽝스럽게 차가운 말투의 영화 주인공 흉내를 내는 동기 덕에 나는 웃었지만, 마냥 즐겁지는 않았다. 앞으로의 회사생활에 대한 걱정이 가슴 한편을 짓눌렀고 칭찬도 욕도 아닌 '말 잘 듣는 손발'이 된 기분도 좋지 않았다.

하지만 정작 회사에 들어가자 나는 손발이 아니었다. 책상이고 의자였다. 상사의 지시를 잘 알아듣는 것조차 어려웠다. 누군가 나를 이끌어줄 사람이 없을 때에는 가만히 책상 앞에 앉아서 아무것도 띄워놓지 않은 모니터 화면을 바라보고 있어야 했다. 그것 나름대로 곤욕스러운 데다가 벌처럼 느껴졌다. 차라리 단순한 일을 반복하거나 잔심부름을 하는 때가 훨씬 나았다. 아무런 쓸모 없는 존재처럼 느껴질 때는 차라리 정말 의자이고 싶었다. 등 뒤로 지나가는 직원들의 발걸음 소리마저도 나를 한심하게 여기는 것 같아서 귀가 화끈거릴 정도로 창피했다.

"마르스랑 마요르를 어떻게 바꿔 적을 수가 있어?"

"비슷해서 착각한 것 같아요. 죄송합니다. 고쳐 오겠습니다."

"처음인 건 알겠는데, 집중해야지. 왜 이렇게 오타가 많아?"

"죄송합니다."

"시간 없으니까 간단하게 손댈 수 있는 부분만 고쳐서 다시 가져와요."

"네, 죄송합니다……."

등 뒤에 따라붙는 한숨 소리가 나를 한없이 작아지게 만들었다.

그럴 때 나를 유일하게 위로해주는 공간은 화장실이었다. 잠시 일에서 손을 뗄 겨를이 생길 때면 조용히 일어나서 화장실로 향했다. 문을 걸어 잠근 좁은 화장실 칸막이 안에서 나는 비로소 숨을 깊이 내쉴 수 있었다.

똑 똑 똑

그곳에서는 꽉 잠기지 않은 수도꼭지에서 세면대로 물 떨어지는 소리가 들린다. 나는 차가운 변기 뚜껑 위에 걸터앉아 눈을 감았다. 그 작은 칸막이 안에서는 누구의 눈치도 볼 필요가 없었다. 어째서인지 수도꼭지는 늘 제대로 잠가도 물방울이 샜다. 나는 물방울의 울림소리가 좋았다. 누군가가 화장실로 다가오는 발소리가 들리기 전까지는 오직 나만의 비밀 공간이었다.

고요해진 귓속을 채우는 일정한 물방울 소리는 가끔 내게 최면을 건다. 나는 눈을 감고 스페인 마드리드의 마요르광장이나 파리의 마르스광장에 서 있는 상상을 했다. 한 번도 가본 적 없는 나라를 홍보하기 위해서는 상상력이 필요하다. 뜻을 알 수 없는 외국어로 사랑을 속삭이는 연인들과 모이를 쪼아 먹고 날아가는 비둘기, 관광객들에게 인물화를 그려주는 베레모 쓴 화가, 높은 소리로 웃으며 달려가는 어린아이. 그 사이를 거닐며 나는 여행자가 되어 사진을 찍고 아이스크림을 핥아 먹는다. 한가한 바람이 불어오는 너른 광장에는 회사가 없다. 지긋지긋하게 매일 밝아오는 아침도, 시큼한 땀내가 섞여 있는 지옥 같은 출근길의 지하철도 없다. 그리고 제대로 일처리를 못하는 어리숙한 나도, 사실 그곳에 없다.

똑똑똑

화장실 칸막이 문을 노크하는 소리에 놀라 눈을 떴다. 나는 코끝을 톡 쏘는 화장실 타일의 락스 냄새를 맡으며 현실로 돌아온다. 졸고 있었다는 것을 문밖의 누군가에게 들키지 않기 위해 헛기침을 하며 변기 물을 내리고 화장실 칸막이 안에서 나왔다. 수도꼭지를 틀어 찬 물로 손을 씻으며 거울을 보았다. 내가 이런 얼굴이었나. 회사에서는 가끔 내가 낯설게 느껴졌다. 경계하는 눈빛으로 거울 속의 무표정한 나를 바라보다가 고개를 저었다.

회식 자리에서는 또 다른 얼굴의 내가 앉아서 웃고 있곤 했다. 대학의 술자리가 실전을 위한 예행연습이었다는 것을 나는 그제야 깨달았다. 술잔을 비워내고, 끝이 나지 않는 얘기를 들어주고, 시답잖은 농담에 웃어주고, 그 자리를 참아내는 일은 습관이 되어야만 견딜 수 있다. 차장은 아직 비어 있지도 않은 내 잔에 넘치도록 소주를 따랐다.

"이봐, 신입 아가씨, 결혼은 어릴 때 하는 거야."

차장은 내 이름을 알면서도 나를 꼭 그렇게 신입 아가씨라고 부르곤 했다.

"거 몇 살이라고?"

"스물넷입니다."

"그렇게 어리지는 않네?"

내 나이는 매운탕과 함께 식탁 위에 올랐다. 첫잔부터 계속 원샷으로 털어넣은 소주보다도 차장의 그 말투와 눈빛이 더 뱃속을 울렁거리게 했다. 회식 자리에서 늘 거쳐야 하는 난관이었다. 그 주제는 나를 제외한 모든 직원들을 즐겁게 했고 금세 분위기를 화기애애하게 만들곤 했다. 곤경에 처한 표정을 하는 것은 오직 식탁 위에 오르는 신입 여사원인 나뿐이었다.

"어리고 아무것도 모를 때 해야지, 나중에 다 알고 결혼하려면 피곤해진다."

"아, 차장님 말씀이 딱 진리입니다. 우리 회사에 미혼 많잖아, 그 중에서 제일 괜찮은 놈으로 빨리 하나 골라잡아서 결혼해! 우리 회사에 경사 나겠네!"

다 같이 웃음을 터뜨렸다. 그 타이밍에 유일하게 함께 웃지 못하는 나는 어색한 표정으로 수저를 들었다. 즐거운 분위기를 망치고 싶은 생각도 없었지만, 그럴 용기도 없었다. 나는 사회초년생이었고 나를 둘러싼 흰 와이셔츠의 상사들은 내게 대학 때의 교수와 같이 대하기 어려운 존재들이었다. 단단한 어른들은 연신 술잔을 깰 듯이 부딪치려 들었다.

"올해는 좀 그렇고…… 연애 좀 하다가 스물다섯쯤 결혼하면 딱 좋겠네."

"남편은 연상인 게 좋지. 주대리가 올해 몇이지?"

"아, 저 서른입니다."

"주대리가 딱 맞네! 여섯 살 차이 딱 좋지!"

"거기 옆자리 좀 비워줘, 주대리가 신입 아가씨 옆으로 가서 앉아봐."

인형이 된 것처럼, 들리지도 않고 보이지도 않는 것처럼, 나는 웃는 얼굴로 앉아 있다. 그들은 내가 앞으로 살아가야 할 미래를 전부 계획해놓고 있었다. 그대로 맞춰서 살면 평탄하게 삶의 모든 고

비를 넘어갈 수 있다는 듯이 나의 인생에 대해서 쉽게 말하고 웃고 떠들었다. 그러나 정작 나는 하루하루가 목에 걸린 가시처럼 넘어가지 않았다. 끝나지 않을 것 같은 그들의 웃음소리에 나는 지쳐 있었다.

"아이고, 왜들 그러십니까. 저희 둘 다 너무 무안하잖습니까."

주대리는 내가 민망하지 않도록 내 쪽을 쳐다보지 않은 채로 웃으며 상황을 잘 넘겼다. 그때 나는 처음으로 주대리가 좋은 남자일지도 모른다는 생각을 했다. 사내에서 평판도 좋고 웃을 때에는 특히 부드러운 인상을 주었다.

"정말이야. 주대리 같은 남자랑 결혼해야 여자 인생이 꽃피는 거야. 여자 팔자 뒤웅박 팔자라는 말이 있잖아. 진짜로 고민해봐!"

차장은 취기가 올라 벌게진 얼굴로 내 어깨를 꾹 쥐면서 다시 한번 강조하며 말했다. 주대리는 그런 차장에게 술을 따르고 말을 걸면서 화제를 바꿨다. 그리고 그들의 시선을 자연스럽게 자신 쪽으로 돌리면서 나를 그 상황에서 구해주었다.

"미안해요. 괜히 나랑 엮여서 기분 나빴죠?"

"아니에요, 대리님. 다들 농담하신 건데요."

"다 상사들의 관심이고 애정이라고 생각합시다."

차장과 직원들의 성화에 나를 집 앞까지 데려다주면서 주대리는 그렇게 말했다. 사실 스물넷 신입 여사원의 인생은, 회식 자리의 안주거리였을 뿐이다. 그 이상도 이하도 아니다. 관심과 애정으로 포장하기는 힘들다는 것쯤은 그때의 나도 알고 있었다.

"선배님, 정말 이대로 진행하면 되는 건가요?"

"왜요, 무슨 문제라도 있어요?"

"아니요. 그냥 목록이 뭔가 좀 이상한 것 같아서……."

"지금 나한테 트집이라도 잡고 싶은 거예요?"

"그런 건 절대 아니에요! 죄송합니다."

자리로 돌아와 앉은 나는 상품권 이벤트 당첨자 명단을 다시 한 번 확인했다. 여전히 명단에 문제가 있는 것 같다는 생각이 들었지만 상사는 다른 일로 바빠서 예민해져 있는 상태였다. 의문을 가지고 있었지만 끝내 나는 수화기를 들었다. 어차피 나는 손발이 아니던가. 그저 시키는 대로 일을 진행하면 그만이라는 생각에 명단 목록 그대로 전화를 걸어서 당첨 사실을 알렸다. 하지만 단순하게 생각했던 것이 화근이었다. 안정적으로 흘러가던 나의 회사생활의 금 간 부분이 부서져 내렸다.

"잘 확인했어야죠! 상품권이 두 배는 더 필요한데 이제 어떡할 거예요?"

"죄송합니다. 저는 그냥 명단을 주시기에 그대로 전화했는데……."

"그래도 뭔가 이상하다는 눈치를 챘어야 하는 거 아닌가요? 당첨자가 그렇게 많은 게 이상하지도 않았어요? 내가 바빠서 정신이 없는데 그걸 어떻게 일일이 다 확인하겠어요? 아무리 생각이 없어도 그렇지, 너무 황당하네요!"

"정말 죄송합니다."

나는 그날 처음으로 회사에서 울었다. 사람들의 시선을 느끼면서도 눈물이 나는 것을 참을 수가 없었다. 파티션 너머의 모든 직원들은 침묵 속에 마우스를 클릭하는 소리만 내면서 그 상황을 귀로 듣고 있었다. 아무도 내 잘못이 아니라고 말해주지 않았다. 나조차도 내 잘못이 아닌 것을 따지는 대신에 스스로 침묵을 택했다. 윗선에는 나만의 과실로 보고되었다. 그게 바로 사회생활인 모양이었다.

"운다고 다 해결되는 줄 알아요? 여기가 학교도 아니고, 참 나."

"죄송합니다……."

"화장실 가서 얼굴 정리하고 와요. 그런 다음에 다시 얘기해요."

"네, 죄송합니다."

나는 변기 위에 걸터앉아 두루마리 휴지를 뭉쳐 눈가를 짓누른 채로 숨죽여 울었다. 부당한 대우라고 생각했다. '아무리 생각이 없어도 그렇지'라는 말이 가슴속에 박혀서 징징 울렸다.

내가 배우고 싶었던 사회생활은 이런 게 아니었다. 시시한 일로 울거나 잡일을 하면서도 눈치를 보느라 바보처럼 웃고 대답하는 인형이 되고 싶지는 않았다. 부당한 대우라고 생각되면 그 자리에서 조리 있게 제 의견을 피력할 줄 아는 사람이고 싶었다. 교수와의 술자리에서 벌떡 일어나 차분하게 제 할 말을 전하던 보영 언니처럼, 눈물로 말을 대신하지 않고 담담하게 내 생각을 전하고 싶었다.

이벤트 당첨자 명단을 보며 전화를 돌리는 일은 애초에 내가 할 일도 아니었다. 나는 다른 직속 상사의 지시에 따른 주 업무가 따로 있었다. 하지만 그 상사의 이벤트 일이 무척 급해 보였고, 사내의 누구든 바쁠 때에는 신입인 나를 마음대로 데려다가 일을 시키는 것이 암묵적으로 허용되어 있었기 때문에 그 일을 도왔던 것뿐이었다.

게다가 상사에게서 건네받은 이벤트 당첨자 명단 목록을 본 뒤에 뭔가 이상하다고 문제 제기를 했던 내게 상사는 뭐라고 했던가. 내 질문은 끝까지 듣지도 않고 트집을 잡는 거냐며 쏘아붙이지 않았던가. 그때 나를 한 명의 '사람'으로 생각했더라면, 그래서 이벤트의 담당자인 그 상사가 내 말을 듣고 목록을 다시 확인했더라면, 이런 일은 일어나지 않았을 것이다. 그리고 결과적으로 이런 문제가 생겼을 때에 최종 책임은 누구에게 있는 건지, 담당자인 상사는 정말 모르는 걸까? 그저 명단대로 전화하는 지시를 받은 후배인 나에게 책임을 돌리는 것이 타당한 행위인가?

따지듯이 그렇게 이미 지나버린 할 말을 떠올렸다. 하지만 현실의 나는 그저 변기 위에서 훌쩍이는 신세였다.

주대리는 나를 기다리고 있었던 것처럼 복도에서 다가와 내게 말을 걸었다.

"많이 속상했죠?"

"아니에요. 괜찮아요."

"나중에 잘되라고 일부러 크게 혼내는 거예요. 너무 마음 상해하지 마세요."

"네. 감사합니다, 대리님."

어쩌면 정말 주대리와 좀 사귀다가 내년쯤에 결혼해서 그들이 조언한 대로의 인생을 사는 것이 좋은 계획일지도 모른다는 생각을 했다. 그때의 나에겐 망원동에 위치한 그 여행사가 내 작은 사회의 중심이자 전부였다. 그리고 주대리는 유일하게 내게 다정한 상사였다. 그와 만나보라며 부추기는 상사들의 짓궂은 장난이 의도적인 악담이 아닌 것만은 어렴풋이 알 수 있었다.

어느 퇴근길, 그는 내게 한번 만나보자고 제안했다. 나는 고개를 끄덕일 참이었다. 그러나 '조금 생각해볼 시간을 달라'고 말했다. 일종의 브레이크였다. 갑자기 내 인생이 급류를 타고 흘러갈 것 같다는 두려움을 느꼈던 것이다. 그러다가 정말 예언처럼 내년에 그와 결혼이라도 하게 되면? 그때부터는 내가 감당할 수 없을 정도로 인생이 빠르게 진행될 것 같았다. 스물넷의 내가, 스스로 이미 모험을 선택하기에는 적지 않은 나이라고 생각하고 있었다.

"생각 좀 해볼게요."

"그래요. 그래도 너무 기다리게 하지는 않았으면 좋겠네."

주대리는 눈가를 접으며 사람 좋게 웃었다. 나보다 연상인 데다가 늘 느긋해 보이는 그를 보고 있으면 기대고 싶어질 때가 있었다. 그는 내가 조그마한 유리 인형이라도 되는 듯이 조심스럽게 대했다. 그다지 무겁지 않은 자료 파일도 들어주겠다며 야단을 떨었다. 종이컵에 담긴 커피가 뜨거울까 봐 종이컵을 한 장 덧끼워 내 손에 건넸다. 업무상의 실수도 자주 눈감아주었고 내가 어려워할까 봐 내게는 최대한 쉽고 간단한 일만 맡기곤 했다.

"그건 너를 우습게 보는 거지."

오랜만에 만난 논술 학원 친구 연희가 그렇게 말했을 때는 화가 났다. 서로의 근황을 얘기하며 이야기나 나누자고 만난 날이었다.

각자 회사에 관한 이야기가 주를 이뤘다. 그러다가 아직 주대리의 제안에 대답하지 않았다는 사실이 떠올라서 무심결에 주대리에 대한 이야기가 흘러나왔던 것이다. 나는 내 불쾌한 표정에도 아랑곳하지 않고 계속 말을 이어가는 연희를 노려보았다.

"넌 애 다루듯이 하는 게 정상이야? 부하 직원한테? 너 스물넷이잖아."

"관심이 있으니까 잘해주는 거지. 그걸 꼭 우습게 본다고 해야 해?"

"기분 나빴다면 미안한데, 나는 그냥 객관적으로 보이는 사실을 말하는 거야."

면세점에 취직한 연희의 입술은 짙은 와인색이었다. 브랜드 제품일 것이 분명한 고급스러운 색감이었다. 논술 학원을 다닐 때에는 고등학생인 데다가 화장에 취미가 없는 편이었기 때문에 화려해진 그 얼굴이 낯설었다. 립스틱의 깊은 색감이 연희의 얼굴을 훨씬 더 차갑고 어른스러워 보이게 했다. 어떤 상황에서든 자신이 하고 싶은 말을 참지 않는 연희의 직설적인 이미지에 잘 어울리는 색이었다. 그 입술을 바라보면서 나는 화를 삭였다.

내가 연희의 말에 화가 났던 것은, 마음 한구석에 같은 생각을 하고 있었기 때문이다. 나는 비록 업무에 익숙하지 않은 비정규 신입사원이었지만, 어린애는 아니었다. 주대리의 다정한 미소 속에서 바보가 되는 기분이 들 때가 있었다.

"대리님 얘기는 그만하자."

"그러든지."

"너는? 동거 중이라고?"

"응. 이제 육 개월 정도. 저녁 같이 먹기로 해서 곧 들어가봐야 해."

"근데 너 팔뚝이 왜 그래? 왜 이렇게 멍이 많아?"

다리를 꼰 채로 카페 소파 등받이에 기대어 앉아 있던 연희는 내 말에 스웨터의 소매를 길게 끌어 손등까지 전부 가렸다. 팔 안쪽부터 손목까지 군데군데 이상한 모양새로 얼룩이 져 있었다. 흐릿했지만 멍 자국이 분명했다. 부드러운 피부 표면이 손으로 세게 쥐었다가 놓은 복숭아의 표면처럼 상해 있었다.

"일하다가 부딪혀서 그래."

"안내 데스크에서 일하는 거 아니었어?"

"맞아. 근데 가끔 짐도 옮기고 그러니까……."

"짐 옮기는 일도 안내원이 해?"

"왜 그렇게 캐물어!"

날선 목소리에 놀라 입이 벌어졌다. 연희는 마치 내게서 공격이라도 받은 것처럼 긴 소매를 끌어내린 두 팔로 팔짱을 낀 채 나를 노려보았다. 나는 당황스러워 할 말을 찾지 못하고 우물거렸다. 카페 안의 다른 사람들이 우리를 쳐다보는 시선이 느껴졌다. 뒤통수로 피가 쏠리는 느낌이 들었고 얼굴이 화끈거렸다.

"왜 화를 내고 그래? 난 그냥 이상하게 멍이 많은 것 같아서……."

"뭐가 이상해? 나는 너랑 달라. 무거운 짐도 알아서 들어."

"그게 무슨 말이야? 내가 연약한 척이라도 한다는 거야?"

"그렇잖아. 공주처럼 남자가 떠받들어주는 거 자랑하고 싶었던 거 아니야?"

"너 진짜 이상해졌다."

"내가? 상사한테 어리광부리는 네가 이상한 거지. 난 그런 짓 안 해."

우리는 서로 노려보다가 결국 아무 말도 하지 않은 채로 각자 자리에서 일어났고 그렇게 헤어졌다. 집으로 돌아오는 길에는 참을 수 없이 화가 나서 휴대폰에 저장되어 있는 연희의 전화번호를 지워야겠다고 다짐했다. 휴대폰 화면을 보자, 주대리에게 전화를 걸고 싶어졌다. 그는 내가 언제 어느 시간에 문자를 보내도 바로 답장을 해주었다. 내가 원하기만 한다면 언제든 내 이야기를 들을 준비가 되어 있는 듯이 나를 반겼다. 그러나 통화 버튼을 누르려다가 손이 멈췄다.

'그건 너를 우습게 보는 거지. 널 애 다루듯이 하는 게 정상이야? 부하 직원한테?'

그 말이 머릿속에 맴돌았다. 결국 그날은 주대리에게 전화를 걸지 않았다. 주대리는 만나보자고 제안한 뒤에 내 대답을 독촉하거나 초조한 모습을 보이지는 않았다. 그래서 차분하게 내 의지에 대해서 생각해볼 시간이 있었다.

"아직도 생각할 시간이 필요해요?"

"죄송해요. 답답하시죠?"

"아니에요. 그냥, 생각보다 답이 늦는 것 같아서."

주대리는 어색한 웃음으로 고개를 젓고는 제자리로 돌아갔다.

며칠 지나지 않아서 부재중 통화가 와 있었다. 연희였다. 그날의 무례했던 태도에 대해서 사과라도 하려는 걸까 싶었지만 그래도 통화하고 싶은 마음은 들지 않았다. 연희 목소리를 들으면 또 화가 날 것 같았다. 나는 부재중 전화를 무시하고 전화를 걸지 않았다. 곧 중대한 프로젝트를 앞두고 있었다. 늘 잔심부름만 하던 내가 처음으로 하나의 프로젝트 안에서 중요한 역할을 맡은 참이었다. 그 일 외에 다른 것에는 신경 쓰고 싶지 않았다.

프로젝트 업무를 곁에서 가장 많이 도와준 것은 주대리였다. 사소한 것을 물어봐도 짜증을 내거나 귀찮아하지 않았고 자상하게 잘 가르쳐주었다. 그에게 의지할 수 있어서 업무에도 더욱 자신감이 생겼다. 팀장은 나에게 이번 프로젝트를 잘 성사시키고 나면 나에 대한 회사의 평가가 좋아져서 정규직으로 곧 전환될지도 모른다는 이야기를 넌지시 전했다. 모든 게 탄탄대로 흘러가는 것 같았다. 주대리에 대한 호감도 높아졌고 회사 업무도 점점 더 마음에 들었다. 행복한 나날이 이어졌다.

프로젝트 발표를 한 날의 늦은 저녁, 전화가 왔다. 실수는 좀 있었지만 무사히 발표를 마쳤고 만족스러웠던 하루였다. 그대로 잠에 빠져들어서 단잠을 자고 싶은 밤이었다. 휴대폰 화면에 뜨는 연희의 이름을 보면서 나는 망설였다. 내가 뜸을 들이고 있는 사이에 벨소리가 끊어지기를 바랐지만, 휴대폰은 간절하게 진동하며 내내 울렸다.

어차피 연희는 가슴에 바늘처럼 꾹 박히는 말을 꺼낼 것이 분명했다. 나는 모처럼의 완벽한 하루를 깔끔하게 마무리 짓고 싶었다. 연희의 목소리에 스트레스를 받고 싶지 않았다. 하지만 지난번의 부재중 전화에도 연락하지 않은 것이 마음에 걸려서 결국 통화 버튼을 눌렀다. 휴대폰 건너편에서 연희는 분명 흐느끼고 있었다.

"여보세요? 너… 지금 통화할 수 있어?"

"무슨 일이야? 왜 울어?"

"너 자취한다고 했지."

"응. 회사에서 집이 멀어서. 근데 왜? 너 무슨 일 있어?"

"나…… 하루만 재워주면 안 돼?"

무척 고단한 밤이었다. 벌써 시간은 12시를 넘겨 다음 날이 되어 있었다. 나는 이미 샤워까지 마친 상태였다. 하지만 떨리는 목소리로 묻는 연희에게 안 된다고 말할 수는 없었다. 집주소를 문자로 보낸 뒤, 원룸 앞 대로에서 서성이며 연희를 기다렸다. 챙이 긴 야구모자를 눌러쓴 채로 멀리서 몸을 구부리고 걸어오는 연희의 발걸음이 너무도 지치고 무거워 보여서 나는 순간 그 애일 거라고 생각하지 못했다. 평소에는 꼿꼿한 자세와 빠른 걸음으로 걷곤 했기 때문이다.

"갑자기 무슨 일이야? 응? 저녁은 먹었어?"

연희는 대답하지 않고 소매로 얼굴을 빠르게 닦아냈다. 가로등 불빛에 비치는 그 애의 뺨에 길쭉한 생채기가 나 있었다. 그 상처로 인해 뺨이 잔뜩 부어올라 있는 상태였다. 연희는 나를 제대로 바라보지도, 대답하지도 않았다. 나는 그때부터 아무런 질문도 하지 않왔다. 우리는 조용히 집 안으로 함께 들어갔다.

방이 무척 좁았기 때문에 여벌로 옷장에 넣어두었던 여름 이불을 침대 옆 바닥에 깔았다. 이불 대신에 담요를 덮고 자야 했지만 그 애는 불평 없이 여름 이불 위에 몸을 웅크리고 누웠다. 내가 불을 끄고 나서야 연희는 낮은 한숨을 내쉬었다. 다시 불을 켜고 연희를 일으켜 세워서 대체 무슨 일인지 똑바로 물어봐야 한다고 생각했지만, 나는 그러지 않았다.

그때 내가 연희에게 아무것도 묻지 않았던 것은, 배려 때문이 아니었다. 나는 겁이 났다. 그 애와 동거하는 남자 사이가 틀어진 것은 분명했다. 한 번도 보지 못한 연희의 동거남이 주먹을 쥐어 둔탁한 둔기처럼 그 애를 내려치는 장면이 저절로 눈앞에 그려졌다. 연희는 침대 밑에 웅크린 채로 어둠 속에 숨어 있었다.

"여기… 올라와서 같이 잘래?"

"아니야, 괜찮아."

울고 있는 걸까. 가라앉은 목소리가 축축했다. 더 이상 뭐라고 말을 꺼내야 하는지 모르는 채로 몇 번 입술을 옴찔거리다가 나도 등을 돌려 벽을 향해 누웠다. 당장 그딴 남자와 헤어지라거나 경찰서에 연락을 하자며 연희를 붙잡고 강하게 설득해야 하는 거 아닐까. 그게 내가 친구로서 해줄 수 있는 올바른 역할일지도 모른다. 하지만 내 솔직한 속마음은, 그 애의 복잡한 사정에 관여하고 싶지 않았다. 하룻밤을 재워주는 정도의 호의로 그치고 싶었다. 겨우 행복한 기운이 감돌기 시작한 내 인생이 그 애의 어두운 표정에 물들까봐 두려웠다.

시간이 얼마나 지났을까. 나지막한 목소리가 침대 밑에서 들려왔다.

"나…… 그놈한테 맞았어."

나는 감고 있던 눈을 크게 떴다.

"이제는 눈만 마주쳐도 때려."

연희는 절대로 약한 소리를 하지 않는 성격이었다. 논술 학원에 다닐 때에도 모르는 문제가 있어도 선생이 아닌 다른 학생에게는 절대로 묻지 않았을 정도로 자존심이 강했다. 열이 나서 며칠 학교를 쉰 뒤에 학원에서 만났을 때는 진도 나간 부분을 쉬는 시간에도 책상 앞에 꼭 붙어 앉아서 복습하고 또 복습했다. 나는 그날 밤, 연희의 흔들리는 목소리를 처음 들었다.

목 안쪽에 침이 고여 부자연스럽게 삼켜내고, 잘 떨어지지 않는 입술로 나는 속삭였다.

"헤어지는 게 좋지 않을까?"

"헤어지자고 했다가…… 나 정말 죽으면 어떡하지?"

왜 연희에게 이런 일이 일어난 걸까. 심장이 빠르게 뛰는 소리가 이불 밖으로 들릴 것 같았다. 연희의 담담한 목소리에는 과장이 섞여 있지 않았다. 나는 선뜻 대답할 수 없었다. 내가 해결해줄 수 있는 일인가? 애초에 내가 관여해서 도움이 되기는 할까? 그런 질문의 더 깊은 곳에는 나마저도 피해를 받을까 봐 두려운 마음이 깔려 있었다. 결국 나는 그 애의 옅은 한숨이 퍼지는 방 안에서 눈을 감은 채로 침묵했다. 연희는 한참 더 뒤척이다가 잠이 든 것 같았다.

아침이 오자 담요와 여름 이불이 단정하게 개어져 있었다. 연희는 사라졌다. 나는 연희의 휴대폰에 문자를 남겼다.

'왜 이렇게 갑자기 갔어. 연락 줘, 연희야.'

나는 한편으로 그 애가 조용히 떠난 것이 다행이라고 생각했다. 이기적인 것은 분명하지만 그 애의 불행을 함께 떠안고 싶지 않았다. 폭력적인 남자와 동거하는 것은 안타까운 일이었다. 어떻게든 도움을 줬어야 마땅하다. 그러나 마음속의 나는 나를 두둔했다.

'하지만 그건 연희가 선택한 길이잖아. 우리는 성인이야. 타인의 연애에 끼어들어 조언하는 것은 주제넘는 일이야. 이걸로 된 거야.'

"어디 아파요? 안색이 안 좋네요."

"아니에요. 좀 피곤해서……."

"무리하지 말아요. 프로젝트도 끝났고 쉬엄쉬엄 갑니다."

주대리의 웃는 얼굴을 마주 보면서 나는 안도했다. 연희의 불행이 나와는 전혀 관계 없는 일이라는 것이 주대리의 환한 미소가 증명하는 것 같았다. 그걸로 끝난 거라고, 마음속에 자꾸만 피어오르는 죄책감을 굳게 짓눌렀다.

연희가 병원에 입원 중이라는 것을 알게 된 것은 그로부터 일주일 뒤였다. 코뼈가 부러지고 눈 한쪽을 심하게 다쳤다는 소식을 들었다. 그때 나는 주대리와 회사 근처 레스토랑에서 식사를 하던 중이었다. 연희에게서 온 문자를 보고는 휴대폰을 바닥에 떨어뜨렸다. 내가 그날 밤, 그 애의 마지막 말에 무언가 대답해주었더라면 뭔가 달라지지 않았을까.

"왜 그래요? 무슨 안 좋은 소식이라도 있어요?"

"아니에요. 좀 놀라서. 개인적인 일이에요."

"나한테 말해줄 수는 없는 거예요?"

"제 얘기가 아니라, 친구 일이라서 좀."

하지만 그 소식을 들은 뒤로는 무얼 먹어도 맛을 느낄 수가 없었고, 상대방의 목소리가 귀에 잘 들어오지 않았다. 내 표정이 어두웠기 때문인지 주대리가 계속 내 눈치를 살폈다. 그때 나에게 주대리는 유일하게 마음을 기댈 수 있는 든직한 존재였고, 나는 내 무거운 마음을 어디에라도 털어놓고 싶었다. 나를 기다려주는 그의 눈빛에 고민하다가 결국에는 연희에 대한 일을 그에게 털어놓았다.

"어떻게 여자한테 그럴 수가 있죠? 참, 인간쓰레기네."

"제가 그날 같이 해답을 찾았어야 하는 건데……. 비겁한 건 알지만, 너무 무서웠어요."

"아니죠. 여자 둘이서 뭘 어떻게 했겠어요? 가만히 있는 게 상책입니다."

곧이어 주대리는 강조하듯 말했다.

"그래서 여자 곁에는 든든한 남자가 꼭 필요한 겁니다. 걱정 말아요! 내가 그런 놈들 얼씬도 못하게 할 테니까."

주대리는 원룸 앞까지 데려다주면서 나를 안정시키기 위해서 계속 말을 건넸다. 라디오에서 들었다는 우스운 사연을 말해주기도 하고, 이슈가 된 해외 토픽에 대해서도 설명해줬다. 박식하고 재치가 있는 사람이었고 나는 그가 전해주는 모든 이야기가 새로웠기 때문에 고개를 끄덕이고 그의 이야기에 빠져들어 웃을 수 있었다.

하지만 생각의 뒤편에서는 계속 연희의 마르고 작은 뒷모습이 웅크리고 있었다.

잠들기 전, 어두운 천장을 올려다보며 생각에 잠겼다. '이걸로 괜찮아? 나는 연희와는 다르게 폭력을 휘두르지 않는 사람을 만났으니까, 안도하면서 운이 좋았다고 생각하면 되는 걸까? 그러다가 그 다정한 사람이 폭력을 휘두르면? 그때는 어떡하지? 그런 나를 지켜줄 또 다른 남자를 찾으면 돼? 이거, 어딘가 이상하지 않아?'

곰으로 신혼여행을 떠나는 아홉 쌍의 신혼부부에게 호텔 무료 식사권을 보내는 일을 하다가도 생각에 빠졌다. 열렬한 사랑을 맹세하며 신혼여행을 떠나는 그들 중에도 연희가 동거하던 남자처럼 폭력적인 사람도 있을지 모른다. 결국 연희와 비슷한 문제가 생기는 커플이 없을 거라는 보장은 없다. 아마 이들 중에도 누군가는 멍든 몸을 옷으로 가린 채로 아무 일도 일어나지 않은 척 연기하며 살아갈지도 모른다.

프로젝트가 끝난 뒤 나는 정직원이 되었다. 연희는 초라한 모습을 보여주기 싫으니 병원에는 절대로 찾아오지 말라고 엄포를 놓았다. 그러고는 내가 정직원이 된 날, 나에게 밖에서 만나자고 연락했다. 퇴원을 한 지 꽤 된 시점이었다.

"여기야! 여기!"

환한 얼굴로 손을 흔드는 연희는, 마지막으로 날 찾아왔던 그 밤과 전혀 다른 사람이 되어 있었다. 눈가에 꿰맨 자국이 아직 남아있었지만 안색은 전보다 한결 환해졌다. 나는 그 애의 웃는 표정이 감격스럽고 미안한 마음이 들어서 눈가가 젖어들었다. 하지만 눈물을 보일 정도로 염치없지는 않았다. 나도 손을 흔들며 웃는 얼굴로 다가갔다.

"너 어디 가? 이 짐은 다 뭐야?"

연희는 옆 가방을 매고 있었다. 그리고 테이블 옆에는 커다란 캐리어를 세워놓았다. 면세점 데스크 일은 바로 그만두었다고 했다. 그 남자가 주소를 알고 있는 직장이었다. 동거하던 방도 해약했고 그 남자와 헤어졌다. 그리고 외국으로 워킹홀리데이를 떠나기로 했다고 말했다.

"그러고 보니 너 옛날부터 오스트레일리아 가고 싶어 했지?"

"어, 대학 입학하자마자 휴학계 내고 떠나려고 했는데 상황이 안 좋았지."

"그래도 결국 꿈을 이루네?"

"야, 겨우 일 년 가는 거야."

"일 년이 어디야? 축하해. 너, 참 멋있다."

"거기서 또 이상한 놈 만나지 않게 기도나 해줘!"

연희는 높은 목소리로 웃으며 말했다. 청바지를 입은 다리를 꼬며 발끝을 경쾌하게 까딱였다. 앞코가 까진 운동화가 앞뒤로 흔들렸다. 생기 있는 눈빛을 되찾은 그 애는, 웃었다. 내가 여태까지 봐온 모습 중에 가장 아름다웠다. 나는 주저하다가 고개를 들어 연희를 똑바로 바라보았다. 가슴속이 울렁거렸지만, 더 망설일 수가 없어서 입을 열었다.

"그때, 너 힘들고 무서웠을 텐데, 힘이 되어주지 못해서 미안해."

"갑자기 왜 그래?"

"바보같이 너무 겁나서…… 네 손을 잡아줬어야 했는데, 같이 가줬어야 했는데. 정말 미안하다. 연희야."

"하하, 뭐야. 바보같이 왜 울려고 그래?"

필사적으로 눈물을 참아내느라 내 무릎을 노려보고 있는 동안, 연희도 말이 없었다. 한참 뒤에 고개를 들었을 때에는 우리 둘 다 거울처럼 똑같은 얼굴을 하고 있었다. 웃는 것도 우는 것도 아닌 요상한 표정으로 우리는 서로를 잠시 바라보았다. 연희는 무거운 짐을 끌고 가는 것치고는 무척 가벼운 발걸음으로 떠나갔다.

나는 회사에서의 일상으로 돌아갔다. 나는 여전히 실수가 잦았고 사람들 앞에서 혼나는 일도 더러 있었다. 하지만 화장실에 숨어서 우는 일은 없어졌다. 대신 변기 위에 걸터앉아 문밖에서 들려오는 작은 소리를 들었다. 수도꼭지에서 떨어지는 그 작은 물방울들이 전해주는 위로의 소리는 여전히 내게 힘을 주었다. 나를 대신해서 울어주는 것 같은 물방울 소리를 듣다 보면 잠긴 문을 열고 다시 밖으로 나갈 수 있는 기운이 생겼다.

그때쯤 나는 내가 주대리를 좋아하는 것이 아니라는 사실을 깨달았다. 나는 나를 지켜줄 든든한 남자가 아니라, 내 첫 사회생활의 고난을 스스로 극복할 줄 아는 내가 필요했던 것이다. 주대리는 내 말을 듣자마자 표정을 굳혔다.

"정말 나랑 만날 생각이 없다는 겁니까?"

"네, 죄송해요. 대리님."

주대리는 고개를 뒤로 젖히며 공중에 대고 가볍게 하하, 차가운 웃음을 내뱉었다. 그러고는 깊은 콧숨을 내쉬면서 나에게 두어 발

자국 더 가까이 다가왔다. 고개를 숙여 내 얼굴을 빤히 바라보며
물었다.

"그럼 여태까지 나랑 단둘이 밥 먹고 데이트한 건 다 뭐였습니
까?"

"대리님이 싫었던 건 아니니까요. 제가 생각할 시간을 달라고 했
고, 대리님도 흔쾌히 그러라고 하셨잖아요."

"그래서 그 비싼 레스토랑 식사며 전시회 관람이며 다 얻어먹고
이제 볼 장 다 봤다는 겁니까?"

"혹시 그런 비용이 아깝게 느껴지신다면, 제 몫은 다 드릴게요."

"됐고, 나 곧 우리 팀 팀장 되는 건 알죠?"

"네."

"하, 어이없네."

"네?"

"솔직히…… 넌 나이가 좀 어릴 뿐이지, 예쁜 것도 아니잖아."

몹시 언짢은 그의 태도를 참아내려 했었다. 누군가의 호감을 거
절하는 것 자체가 미안한 일이라는 생각에 계속 고개를 숙이고 있
던 나는, 시선을 바짝 들어 주대리의 얼굴을 쳐다보았다.

"그런데요?"

"그걸 알면서 고작 신입 따가리 주제에 네가 날 어떻게 마음에
안 들어 할 수 있지?"

황당하다는 듯이 주대리의 목소리가 점점 커졌다. 나는 차분하
게 말했다.

"저 안 예쁜 거 맞아요. 그런데… 대리님도 멋있는 분은 아닌데

요?"

그가 헛웃음을 지었다.

"뭐가 어째?"

"저는 예쁘지도 않고 직급도 낮지만, 그래도 제 마음대로 연애 안 할 권리는 있지 않아요? 저한테도 대리님이 그다지 멋져 보이지 않아요. 그리고 저는 대리님을 좋아하지 않아요. 다른 이유가 더 필요한가요? 대리님은 저보다 훨씬 예쁘고 마음 잘 맞는 사람 찾아서 만나세요. 그 정도 능력, 되시잖아요."

내가 무척이나 주제넘는 말을 했다는 듯이 주대리는 반사적으로 나를 때리려는 듯이 손을 들었다.

"아오, 이걸, 그냥 확!"

"사내폭력으로 지금 신고하면 되는 거죠?"

그제야 주변에서 누구든 튀어나올 수 있는 공공장소라는 사실을 깨달은 그가 나를 노려보다가 먼저 자리를 떴다. 나는 그가 보이지 않게 된 뒤에도 잠시 움직일 수 없었다.

여태까지 내게 다정하게 말을 걸어주던 남자는 어디로 간 걸까? 그를 믿을 만한 상대라고 생각했던 이유는 뭐였을까? 부드러웠던 그의 태도에 이끌려 그와 사귀게 되었다면, 언젠가 사이가 틀어졌을 때에 나는 그의 치켜든 손바닥에 뺨을 맞았을 거란 생각이 들었다. 그때의 그는 주저하지 않았을 것이다.

주대리는 그 뒤, 눈에 띄게 차가운 태도로 일관했다. 그러나 나는 그런 그의 태도에도 개의치 않고 내 앞에 쌓인 일을 하나씩 처리하며 바쁘게 지냈다. 얼마 후 내가 개인적인 사유로 퇴사하게 되었을 때, 송별회에서도 주대리는 내게 말 한 마디 걸지 않았다. 차라리 그런 그의 태도에 나는 더 마음 편했다.

회사를 나가기 전, 나는 화장실 칸막이를 한번 열어보았다. 그리고 마음을 쉴 수 있던 유일한 공간에게 이별을 고했다. 내 마음은 여전히 어설프게 잠긴 수도꼭지 같아서 꼭 잠갔다고 생각해도 눈물이 새어나온다. 하지만 그래도 괜찮다. 괴로운 마음은 몇 방울 떨어뜨리고 나면 한결 가벼워진다. 울고 나면 다시 문을 열고 밖으로 나갈 용기가 생길 것이다.

6

속삭이는 초콜릿

불면증이 시작된 것은 그때쯤이었다.

내가 있어야 할 곳이 아니라는 생각에 회사를 그만두었지만, 막상 회사를 나오자 내가 있을 곳이 없어졌다. 가장 먼저 자취방부터 정리해야 했다. 애초에 회사 가까운 곳에 잡아둔 원룸이었고 지속적으로 월급이 들어오지 않게 된 상황에서는 부담되는 수준의 월세를 내야 하기에 고민할 것도 없었다.

부모님의 따가운 눈살을 맞으며 다시 집으로 들어오던 날, 제일 먼저 한 일은 창고가 되어버린 내 방을 다시 되돌려놓는 것이었다. 첫날에는 좁은 공간에 겨우 이불을 펴놓고 물건들이 뒤죽박죽으로 들어찬 상자들 사이에 누워 잠들었다.

그리고 다음 날부터 내가 지낼 수 있는 공간으로 복구한 뒤, 문을 걸어 잠갔다. 다시 청소년으로 돌아간 것처럼 모든 것이 혼란스러웠고 아무 얘기도 듣고 싶지 않았다. 부모님은 끝없는 조언을 시작했지만, 나는 당장 내 마음속의 이야기조차 들리지 않았다.

"처음부터 공무원 시험 준비하자고 엄마가 그랬잖아. 그 길이 맞는 거야."

나는 문 너머에서 들려오는 그 목소리에 항복할 수밖에 없다는 것을 알고 있었다. 월급에서 조금씩 떼어 모아놓은 돈으로는 자립하는 것조차 불가능했다. 부모님 집에서 엄마가 차려주는 밥을 먹으면서 마냥 고집을 부릴 수는 없었다. 게다가 궁극적으로 내게는 그렇게까지 고집을 부려서라도 꼭 하고 싶은 일이 없었다.

모든 것과 맞바꾸어서 이루고 싶은 나만의 꿈이 있다거나 특별한 재능이 있는 것도 아니었다. 그런 것이 있었더라면 성인이 되기 전에 벌써 주변에서 먼저 알아차렸을 것이다. 나는 그저 평범하게 여러 사람들이 걸어가는 대로를 함께 걸어가던 와중이었다. 앞서가지는 못하더라도 낙오되지는 않고 걸었다. 개근으로 모든 필수교육과정을 마쳤고 대학도 다녔다. 조금 어려움이 있었지만 결국에는 적지만 매달 월급을 주는 회사에 취직도 했다.

그런데 그렇게 간절하게 취직하기를 원했던 것이 거짓말인 것처럼 입사한 지 일 년도 채 되지 않아 갑자기 퇴사를 결정해버렸다. 가족이나 친구들은 그런 내 선택을 이해하지 못했다. 스스로도 너무나 대책 없는 선택이었다고 생각했다. 의미 없어 보이는 일이더라도 뭐든지 삼 년은 버텨봐야 인생에 도움이 된다는 말을 들은 적이 있다. 하지만 이미 엎질러진 물이었고 나는 백수가 되었다.

공무원 시험을 준비하겠다는 약속을 하자, 그 뒤로 부모님은 내가 눈에 보일 때마다 한숨을 쉰다거나 한탄을 늘어놓지는 않았다. 그것만으로도 감사한 일이었다. 나는 주 3일 아르바이트로 서점에서 일했다. 대부분 근처 중고등학생들에게 참고서를 찾아 꺼내주는 일이었다. 그리고 남은 시간에는 도서관을 다니며 9급 공무원 시험 준비를 시작했다.

"살이 좀 찐 것 같다?"

작은고모는 인사처럼 그런 말을 하며 나를 훑었다. 퇴사한 뒤로 나는 거의 매일 식사를 제대로 하지 않았다. 아무도 눈치 주지 않았지만 식욕이 없었다. 체중에는 큰 변화가 없을지라도 거울을 볼 때마다 얼굴이 까칠하다고 느꼈다. 그런데도 친척 어른들은 나를 보기만 하면 혹시라도 살이 쪘는지 먼저 걱정했다. 그건 아마도 내가 사촌 중에 유일하게 결혼을 하지 않은 여자 조카였기 때문일 것이다.

"과년한 처녀가 꾸밀 줄을 알아야지. 이러다가 회사에서 인기 없겠어. 일도 좋지만 이제 슬슬 시집갈 생각해야지?"

큰고모부는 오랜만에 보는 나를 반가워하면서 내 어깨를 두드리며 다정한 목소리로 그렇게 말했다. 나는 덕담이라는 이름의 악담을 하는 어른들을 향해 그저 얌전히 웃어 보였다. 그 침묵하는 미소가 어른들의 눈에 비치는 내 유일한 장점일 것이다.

회사를 그만두었다는 것은 집 밖으로는 비밀이었다. 특히 친척들이 그 사실을 알게 되면 혹독한 질문 세례를 받는 것은 나뿐만

이 아니었다. 혹시라도 내가 말실수를 할까 봐 엄마는 큰집 부엌에서 앞치마를 매면서 내 쪽을 흘깃거렸다.

육 개월 전 결혼한 사촌언니가 전화로 임신 소식을 전했다. 그 덕분에 거실에 둘러앉은 친척들은 모두 그 기쁜 소식으로 뜨겁게 달아올랐다. 사촌오빠가 명문대에 합격했을 때만큼이나 큰 경사였다. 삼수 끝에 겨우 합격한 것이었고 그 일로 명절이라도 된 것처럼 친척들이 모두 모여서 식사를 했었다.

사실 사촌오빠가 명문대에 매번 떨어지며 삼수를 하는 동안, 사촌언니는 명문 여대에 입학했었다. 하지만 그건 한동안 친척들 사이에서 쉬쉬해야 할 일이었다. 어려운 공부를 하는 사촌오빠의 기를 죽여서는 안 될 일이기 때문이다. 그래서 명석한 사촌언니가 진심으로 모두의 축복을 받는 것은 명문대 합격이 아니라 임신 덕분이 되었다.

"저 좀 늦었습니다. 죄송합니다."

"아이고! 세상에, 우리 막둥이 왔네!"

몇 주 전 제대한 사촌동생이 새까맣게 탄 얼굴로 뒤늦게 등장했다. 아직 사복이 어색한 사촌동생은 모두의 시선이 집중되는 것에 부끄러워했다. 어른들 앞에 서서 늠름한 자세로 거수경례를 하자마자 박수가 쏟아졌다. 사촌동생은 조바심을 내는 어른들의 손길에 끌려 거실 소파 한가운데에 앉았다. 친척 어른들은 강원도 철원에서 군 복무를 마치고 온 사촌동생의 모험담을 들으며 무척이나 들떠 있었다. 큰고모가 그 사이를 비집고 들어와서 내 어깨를 툭 쳤다.

"얘, 너 과일 좀 깎아다가 그릇에 놔. 포크도 좀 놓고."

기쁜 소식이나 모험담을 전할 것이 없는 나는, 화기애애한 자리에서 조용히 몸을 일으켜 부엌으로 갔다. 박장대소하거나 이따금 놀라는 목소리가 부엌까지 울려왔다. 등을 보인 채로 큰집의 낯선 부엌에 서서 설거지를 하는 엄마를 흘깃거리며 나는 단단한 사과 껍질을 과도로 밀어 깎아냈다.

식후에 과일을 먹는 것이 당뇨를 부르는 나쁜 습관이라는 것은 중학교를 다닐 때 수업 시간에 들어서 알게 된 사실이었다. 그러나 친척들이 둘러앉아 과일을 먹는 도중에 그 얘기를 꺼냈다가 나는 '눈치 없는 아이'가 되었다. 큰고모가 일찍부터 당뇨병으로 고생 중이었고 유전되는 병이라는 말을 들었기 때문에 꺼낸 말이었지만 나는 친척들의 싸늘한 표정에 입을 다물었다.

"과일 한 두 조각 먹는 정도는 건강에 크게 영향 없어요."

당시 고등학생이던 사촌오빠의 말에 식탁에는 다시 이야기꽃이 피었다. 그리고 그 뒤로도 어김없이 명절이 되면 식후에는 그릇 위에 색색이 깎인 과일들이 놓여 거실 간이식탁에 올라갔다. 이혼을 한 부부가 한 쌍도 없는 데다가 길을 엇나간 자식 하나 없이 모두 대학을 잘 졸업한 상태였다. 이보다 더 화목할 수 없는 우리 집안은 꼭 식후에 모두 함께 둘러앉아 과일을 먹었다. 그건 마치 매년 명절이라는 페이지마다 그려져 있어야만 하는 달력 속 풍경처럼 보였다.

"왜 이렇게 안 먹니? 다이어트하는 거야?"

"저 과일 별로 안 좋아해요."

"어머, 그러니까 피부가 이렇게 안 좋지. 싫어도 먹어."

작은고모는 포크에 찍은 키위를 내게 건넸다. 나는 톡 쏘는 맛과

물컹이는 식감을 참아내며 목구멍 너머로 키위를 삼켰다.

저녁식사 메뉴는 스시였다. 부동산으로 크게 성공한 큰아버지는 유난히 스시를 좋아했다. 그래서 명절에는 꼭 큰아버지 집에 모여 앉아 긴 테이블에 늘어놓은 일본 회를 먹었다.

조명 아래 반질반질하게 빛나는 날생선들이 살결대로 가지런히 누워 있다. 생선살 아래 금방이라도 헤엄쳐 나갈 것처럼 꼬리지느러미가 그릇을 치며 팔딱거리는 광경은 볼 때마다 시선을 피하게 되었다. 눈 뜬 채로 뻐끔거리며 움직이는 생선의 머리까지 그릇 위에 장식된다. 얼마나 신선한 상태인지를 보여주려는 요리사의 기교인 모양이었다. 매번 큰아버지 댁에 찾아와 직접 회를 떠주는 요리사는 일본 오사카의 스시 장인이었다. 그는 큰아버지가 소유한 건물에서 십 년 가까이 가게를 운영하고 있다고 했다. 큰아버지는 명절 때마다 그 일본 요리사를 꼭 자신의 곁에 있도록 했다. 요리사는 각종 스포츠 시합의 상장과 트로피가 전시된 유리 장식장 옆에 서서 요리에 대한 몇 마디 설명을 하고 나서야 부엌으로 돌아갔다. 나는 가끔 큰아버지가 정말 스시를 좋아하는 건 아닐지도 모른다는 생각을 했다.

"요즘에는 라운딩 돌다가도 아! 내가 이제 늙었구나! 싶다니까."

큰아버지가 손목을 주무르며 말을 꺼내자마자 작은고모부는 젓가락을 내려놓고 손사래를 쳤다.

"형님, 그런 말씀 마세요. 같이 골프 치다 보면 제가 더 나이 들어 보인다는 말 많이 듣잖습니까. 제가 오히려 형님 곁에 따라다니다 보면 기가 죽는다니까요."

작은고모도 손뼉을 치며 말을 보탰다.

"그래요, 오빠. 민혁이도 오빠 닮아서 점점 훤칠해지잖아. 남자는 모름지기 키가 커야 돼. 안 그래?"

"다들 지금 나 보면서 그런 말 하는 거야?"

아버지는 우스꽝스러운 표정을 지으며 어깨를 움츠려 스스로를 희화화시켰다. 어른들이 다 같이 박장대소했다. 나는 아버지의 귓불과 목덜미가 붉어지는 것을 보았다.

친가에서만 볼 수 있는 광경이었다. 외가에서 아버지는 과묵한 사람이었다. 화제에 잘 끼지 않으며 늘 담뱃갑과 라이터를 들고 자리를 벗어나곤 했다. 가족끼리 있을 때에도 내가 보는 아버지의 모습은 거실 소파에 앉아 티브이를 시청하거나 식탁 앞에 앉아 스마트폰으로 신문 기사를 찾아 읽는 것이 전부였다. 그러나 아버지는 유독 큰아버지와 고모들 앞에서는 광대처럼 굴었다. 언젠가 그 이유를 넌지시 물었을 때 엄마는 핀잔을 주듯이 대답했다.

"네 아버지 형제들이잖아. 어릴 때부터 봐왔으니까 편하게 행동하시는 거지. 보기 좋은데 뭘 그래?"

내가 물어서는 안 되는 것을 물었다는 듯한 태도였다. 하지만 평소와 괴리감이 느껴지는 아버지의 모습은 차라리 눈길을 피하고 싶으면서도 계속 관찰하게 되는 희귀한 모습이었다.

아버지는 작은고모부 쪽으로 몸을 틀어 앉으며 말했다.

"그러고 보니 처남, 애들 결혼 기념으로 며느리 차 한 대 해줬다면서?"

"그냥 작은 걸로 한 대 뽑아줬습니다. 갓난애 생기면 아무래도 병원도 자주 다녀야 하고, 며늘애 혼자 장 보러 다닐 때도 불편할 텐데, 한 대 몰아야 하지 않겠습니까."

"이야, 역시 잘 나가는 CEO는 뭔가 다르구먼."

"아이고, 형님. 제가 뭘 또 잘나간다고."

작은고모부는 젓가락을 쥔 손을 내저으며 웃었지만 얼굴에 떠오르는 흐뭇한 미소를 감출 수는 없었다. 중국 시장에 등산복을 수출해서 사업을 크게 시작한 작은고모부는 이제 한국에서도 의류 사업으로 회사 몸집을 불리고 있었다. 아버지가 그런 작은고모부의 사업에 대한 얘기를 더 잇기 전에 큰고모가 작은고모부 쪽으로 성게알이 담긴 그릇을 밀어주며 대화에 끼어들었다.

"제부, 그러지 말고 이번에 중국 갈 때 이이도 좀 데려가요. 집안 통수 아주 지겨워죽겠다니까요."

"그래요, 여보. 형부도 이제 퇴임하셨는데 공도 좀 치면서 인생 즐기셔야지. 당신이 좀 모시고 다녀요."

"아, 그러시죠, 형님. 잘 아는 캐디들한테 저도 엘리트 형님 계시다는 것 좀 자랑해야겠습니다."

"아유, 내가 뭘. 고작 지방 대학 교수직 좀 지낸 걸로 뭐 엘리트씩이나 되나. 그리고 형님이나 김 서방이 워낙에 실력자인 걸 내가 아는데, 거길 어떻게 끼나."

"아, 내가 코치 붙여줄 테니까 그건 걱정 말게나, 매부."

"이것 참, 형님까지 그러시면 제가 집 밖으로 안 나오려고 핑계 댈 수가 없잖습니까."

대화에서 빠지게 된 아버지는 여기저기 눈치를 보며 어색하게 그들을 따라 웃었다. 반도체 회사에 다니는 아버지는 근면 성실한 직장인이지만 재력가는 아니었다. 큰아버지나 작은고모부가 골프 회원권을 끊어주지 않으면 티브이로 골프 채널을 보거나 거실 가운데에서 가상의 골프채를 쥔 채로 휘두르는 모양새를 해 보이는 것으로 만족하며 지냈다.

광대의 역할이 끝나자 아버지는 앞 접시로 옮긴 회 몇 점과 함께 묵묵히 술잔을 비웠다. 그 옆에서 거들어주며 함께 웃는 역할을 하던 엄마도 조용히 식사했다. 작은고모가 그런 엄마의 어깨를 툭 건드리며 말했다.

"아니, 우리 형제들은 어쩜 이렇게 사이가 좋은지 몰라요. 다른 집들은 이렇게 왁자지껄하지 않잖아요. 그렇죠, 언니?"

"예, 그럼요, 아가씨."

작은고모는 만족할 만한 반응을 얻지 못했는지 그 옆에서 젓가락을 초장에 꾹꾹 찍고 있던 내 쪽으로 몸을 틀었다.

"근데 얘, 너 시집은 언제 갈 거니?"

나는 아무리 씹어도 끈질기게 잇새를 맴돌기만 하는 광어회를 억지로 삼켜냈다. 비릿한 향이 입안에 남아 인상을 찌푸리게 만들었다. 내 얼굴을 빤히 바라보며 대답을 기다리는 작은고모의 눈길에 나는 억지로 입 끝을 올려 웃었다.

"아직 만나는 남자도 없니? 회사에 괜찮은 사람 없어?"

"네……."

"너 참 이상한 애다? 옛날 같으면 벌써 자식 하나는 있을 나이야. 네 사촌언니는 유학 가고 학위 따느라 늦었다고 치지만 너는 그러면 안 되지! 그거 불효다, 너? 네 부모님 걱정하시겠다. 안 그래요, 언니?"

"일하느라 바쁜 모양이에요. 슬슬 남자 만나겠죠."

"어머, 언니. 그렇게 애를 방치해두니까 이렇게 늦는 거예요. 다들 일하면서 남자 만나고 결혼하고 그러죠, 그럼. 이 나이에 지금 노는 사람이 어디 있어요?"

엄마는 내가 회사를 그만뒀다는 사실을 들키지 않으려고 안간힘을 썼지만, 작은고모의 그 말에 허를 찔려 아무 말도 하지 못했다. 나는 죄인처럼 고개를 숙인 채로 그저 젓가락 끝을 강박적으로 깨물고 있었다. 작은고모는 내 앞에 놓여 있던 빈 술잔에 정종을 따라주면서 내 어깨를 주물렀다. 취기로 악력이 세져 작은고모의 손톱이 어깨에 아프게 박혔다.

"이제 너도 숙녀잖아. 회사에서 좀 나긋나긋하게 굴면서 남편감도 찾아보고 그래라. 언제까지 부모님 걱정 끼칠 거야?"

"네."

쓰디쓴 정종 한 모금이 식도를 타고 들어가 뱃속에 뜨겁게 퍼질 때까지 작은고모는 내가 제대로 술잔을 비우는지를 계속 지켜보고 있었다. 그러곤 아들인 사촌동생의 물잔 옆에는 캔콜라를 따서 놓아주었다. 사촌동생은 제대한 지 얼마 되지 않아서인지 식사 때가 되면 급하게 음식을 삼키듯이 먹어치웠다.

"누나, 왜 이렇게 안 먹어?"

사촌동생은 유난히 타인의 기분을 살필 줄 모르는 성격이었다. 구김살 없이 자란 덕분이라며 작은고모 내외는 사촌동생의 그런 성격을 자랑스러워했다.

그러나 어릴 적, 넘어져 무릎을 바닥에 찧은 내가 울고 있자 우는 내 얼굴이 우스꽝스럽다며 웃음을 터뜨렸던 아이였다. 매미를 잡아와 일부러 날개를 뜯어내던 사촌동생의 큰 눈을 보면서 나는 작은 악마를 본 듯 섬뜩한 기분을 느끼곤 했다.

"난 회 싫어해. 날것 잘 못 먹어."

"왜?"

"왜긴, 그냥 싫어. 비리잖아."

사촌동생은 샐쭉 웃으며 내 몫의 초밥이 담긴 그릇을 제 앞으로 끌어 가져갔다. 그리고 허락도 받지 않은 채 내 술잔마저 손에 쥐고 홀짝거렸다.

"누나. 남자들은 편식 심한 여자 싫어해."

"뭐?"

"어디든 데려가면 잘 먹어야 데이트를 하지. 그래야 밥 사주는 보람이 있을 거 아니야. 너무 잘 먹어도 정 떨어지지만 이것저것 가리면 그것도 짜증나."

붉은 참치회를 혀끝에 올리며 사촌동생은 까맣게 탄 뺨이 불룩 솟도록 행복한 표정을 지었다. 나는 그나마 매운탕 국물을 떠먹던 숟가락마저 놓고 말았다. 별로 먹은 것이 없지만 속이 더부룩했다. 아무리 참아내도 끝나지 않는 길고 더딘 식사였다.

사촌동생은 미래가 보장되어 있었다. 휴학을 좀더 하면서 여행을 다니고 여유를 즐긴 뒤에는 대학을 졸업하고 바로 작은고모부의 회사에 입사하면 되는 것이다.

아버지는 내심 작은고모부가 나를 회사로 불러주기를 바랐지만 그런 일은 일어나지 않았다. 나는 명석한 편도 아닌 데다 뛰어난 재능도 없는 여자 조카였고 그러므로 집안 유일한 골칫덩이나 다름없었다. 그런 나를 작은고모부가 도맡아 책임질 이유는 없는 것이다. 그리고 고모부의 회사에 나를 불러주지 않는 것은 내게도 다행이었다. 그랬다면 퇴사를 결심하기가 더욱 힘들었을 것이다.

"아무쪼록 여성스럽게 행동해. 다음번에 만날 때는 고모한테 꼭 남자친구 보여줘야 한다?"

"노력할게요."

"그래, 그래야지."

집으로 돌아가는 차 안에서 아버지는 몇 번이나 소리 내어 하품했고 엄마는 팔짱을 낀 채로 차창 밖을 내다보며 한 마디도 하지 않았다. 나는 마음이 피로해서 눈을 감았다. 그리고 눈앞을 까맣게 뒤덮는 어둠을 응시하고 있었다. 습관적으로 새어나오려는 한숨을 삼키듯이 참았다.

'죄송한데 자꾸 한숨 쉬는 것 좀 자제해주세요. 시험공부 중인데, 한숨 소리 들으니까 기분 나쁘네요. 신경 거슬리지 않게, 한숨 쉬려면 밖에 나가세요.'

화장실에 다녀오자 도서관 열람실의 내 문제집 위에 노란 포스트잇이 붙어 있었다. 휘갈겨 쓴 그 글씨에서도 신경질적인 기운이 전해졌다. 자리에 앉아 주변을 둘러봤지만 모두 각자 책상 위에 펴놓은 책에 고개를 파묻고 있을 뿐이었다. 그 포스트잇을 받기 전까지 나는 내가 공부하는 내내 몇 번이고 습관적으로 한숨을 내쉬고 있었다는 사실을 몰랐다. 하지만 그때부터 한숨이 나오려고 할 때마다 속으로 삼키기 시작했고 가슴속에 더부룩하게 안개가 낀 느낌이 들기 시작했다. 내 마음이 얼마나 흐린 상태인지 깨닫게 된 것이다.

"노량진 쪽 고시원에 살면서 학원 다녀야 합격할 확률이 높다더라."

집으로 돌아오자 거실 바닥에 느긋하게 앉으며 아버지가 낮은 목소리로 말했다. 시선은 티브이를 향하고 있었지만 혼잣말이 아니라 내 방 문고리를 쥔 나에게 하는 말이었다. 큰아버지 댁에서 어깨를 웅크린 채 우스갯소리를 하고 온 뒤에는 아버지의 목소리가 평소보다 더 조용하게 바닥에 깔렸다.

"내년 시험 칠 때까지 노량진 가 있어라. 내일부터 학원하고 방 좀 알아봐. 너는 늦었으니까 더 서둘러야지."

"네."

아버지를 향한 내 대답은 막막한 질문이나 지시를 벗어나려는 임시변통인 경우가 대부분이었다. 그 뒤에 내 진짜 의견은 엄마에게 전하곤 했다. 아버지 못지않게 나도 친척들과의 저녁식사 자리가 불편했다. 그렇기 때문에 고민이 많더라도 일단은 아무 생각도 하지 않은 채로 침대에 눕고 싶었다.

도서관에서 이어폰을 낀 채로 노트북 화면으로 인터넷 강의를 볼 때, 딴 생각에 젖어 있는 경우가 많았다. 이대로는 몇 년이 지나도 공무원 시험에 합격할 수 없을 거라는 예감을 느끼기도 했다.

하지만 본격적으로 노량진에 입성하는 일은 늘 상상에 그쳤다. 마음 깊은 곳에서부터 밀어내는 기분이었다. 원하지 않는 일의 한가운데에 빠져버렸을 때, 나를 잃어버린 상실감이 찾아올까 봐 두려웠다. 그렇다고 해서 나 자신의 미래나 의지에 대해서 확고한 생각이 있는 것도 아니었지만, 그래도 마냥 두려웠다. 나는 그저 이불을 몸에 감은 채로 누에고치처럼 몸을 웅크린 채로 딱딱하게 굳어 있고 싶었다. 영영 정체되고 싶었다.

하지만 그런 마음의 고백을 꺼낼 수는 없다. 작은고모의 말대로 부모님의 유일한 걱정거리는 나였다. 그게 꼭 연애나 결혼 문제는 아니더라도 내 미래에 대한 걱정이 부모님의 마음을 무겁게 한다는 것을 모르는 나이는 아니었다. 대학을 졸업하고 회사에서도 나오고 나니 어느새 나는 스물여섯이 되어 있었다.

의무감에 억지로 책상 앞에 앉아서 펜을 들어도 문제집에 계속 밑줄을 치면서 정신을 흘리며 시간을 보냈다. 그렇게 가만히 있어도 시간은 끊임없이 지나갔다. 새까맣고 고요하던 창문의 블라인드 사이로 하얗게 아침이 동터오면, 그렇게 스스로가 한심할 수 없었다. 빛으로 감싸이기 시작하는 이 도시 위에서 나는 유일하게 출근도 하지 않는 쓸모없는 성인이었다. 하지만 그 죄책감도 익숙해지자 무뎌졌다. 책 사이에 납작하게 모기가 눌어붙은 페이지를 넘겨 숨긴 채 잊어버리는 것과 같았다. 그러고는 그저 하릴없이 책상 앞에 앉은 채 새벽을 맞이했다.

"늦게까지 공부할 거면 화장실 갈 때 조심해. 거실 어둡다."

"네. 엄마 먼저 주무세요."

문틈으로 조심히 내 방 분위기를 살피는 엄마가 물러나면, 그때부터 새벽은 온전히 내 것이다. 식욕이 없어 제대로 식사하지 않은 상태로 새벽이 오고, 뱃속은 거의 공복이나 다름없었다. 그리고 그때쯤 은근한 식욕이 나를 찾아왔다.

잠든 가족을 문밖에 둔 채로 문을 잠그며 나는 불장난하는 어린아이의 마음으로 서랍에서 초콜릿을 꺼냈다. 딱딱하고 얇은 초콜릿을 이로 부러뜨려 입안에 넣고 녹여 먹는 그 순간이 내게는 작은 일탈이었다. 달짝지근한 초콜릿이 혀를 녹이고 목구멍으로 끈적끈적하게 넘어가는 느낌이 좋았다. 그럴 때 내가 초콜릿을 감미롭게 즐길 수 있도록 나를 둘러싼 고요한 새벽은 단짝친구처럼 편안하게 느껴졌다.

누구의 목소리도 들리지 않는 그 시간이 좋았다. 아무도 내게 뭔가 요구하거나 나를 평가하고 깎아내리는 말을 하지 않고, 나조차도 어떤 대답도 할 필요가 없다. 그저 입안에서 녹아 사라지는 초콜릿에 집중하는 것으로 충분했다. 초콜릿을 먹을수록 점점 더 수면과는 멀어졌지만 꼭 자야 한다는 강박감이 사라지자 마음은 더욱 평온해졌다.

새벽은 외딴섬이었다. 나를 아무도 없는 나만의 공간으로 데려가주었다. 그곳에서 나는 한숨을 쉬지 않았다.

하지만 아침이 밝아오면 그 공간은 사라지고 피로감이 짓누르는 현실로 돌아왔다. 현실의 나는 내 의지보다는 타인의 의지대로 움직이는 인형이었다. 내가 원하는 일이 무엇인지는 늘 분명하지 않았지만 하고 싶지 않은 일이 무엇인지는 점점 더 분명해졌다.

"여행사에서 일하시죠?"

"네?"

"차장님이 그러셨거든요. 여행사에 일하는 아가씨라고."

큰아버지의 지인 소개로 나왔다는 이 남자는 가전제품 수입회사에서 일하며 일 년의 반을 중국 상해에서 지낸다고 했다. 나는 갑작스럽게 불려 나간 선 자리에서 레모네이드 잔 옆에 담겨 나온 자그마한 수제 초콜릿을 보면서 다른 생각에 잠겨 있었다. 어서 새벽이 되었으면 좋겠다는 생각뿐이었다.

엄마는 큰아버지의 '배려'로 만들어진 자리인 만큼, 내 의사와 관계없이 꼭 소개 자리에 나가야 한다며 안달했다. 나는 스물여섯인 데다가 결혼을 급하게 해야만 하는 이유도, 그러고 싶은 의지도 없었다. 그럼에도 불구하고 집안 어른들 사이에서 '벌써 이십대 중반이 되어버린 여자애'는 마치 그대로 상온에 두었다가는 상하기 십상인 생물 횟감이나 다름없었던 모양이다. 내년이면 스물일곱이 되는 나의 나이가 그들에게는 끔찍하게 많은 나이였다.

"너 그거 아니? 서른 넘으면 노산이라서, 산부인과에서 진찰비용도 더 받는다더라?"

어느 날 친척들이 모인 자리에서 큰고모는 불쑥 그런 말을 하며 내 반응을 살폈다. 사촌언니는 스물아홉에 임신을 하게 되었으니 이제 집 안에서 유일하게 '곧 늙을지도 모르는 미혼 가임 여성'은 나뿐이라는 사실을 상기시키고 싶었던 것이다. 큰어머니가 그 말에 핀잔을 주는 것으로 화제는 다른 이야기로 넘어갔지만 나는 그날도 소화불량에 시달렸다. 큰아버지가 내게 결혼 상대를 소개해 주어야겠다고 생각하신 건 어쩌면 큰고모의 그 말 때문인지도 몰랐다.

엄마는 미용실에 가서 헤어 드라이를 받고 전문가에게 메이크업도 받으라며 돈을 쥐어주었다. 사촌언니의 결혼식에 참석하기 위해서 구입했던 정장 원피스도 다시 꺼내 입었다. 엄마는 약속시간에 너무 일찍 맞춰서 도착하면 상대 남자에게 지나치게 똑 부러지는 성격으로 비칠 수 있으니 5분 정도 늦게 도착하는 게 좋다는 말을 세 번이나 반복하며 강조했다.

나는 카페의 뒷문 쪽에서 서성이며 약속시간이 5분 지날 때까지 서 있었다. 그러다가 쇼윈도에 비친 내 얼굴을 우연히 보았다. 화장도 옷도 어느 것 하나 어울리지 않았다. 표정조차도 내 것이 아닌 것처럼 부자연스러웠다.

"결혼 안 하냐는 소리 정말 많이 들었거든요. 근데 어차피 제 인생 계획표 안에서 결혼은 딱 지금부터 일이 년 안에 하는 것으로 정해놨었습니다. 저는 아직 서른넷이고, 남자는 훨씬 더 늦게까지 결혼을 안 해도 여유가 있죠. 그래도 저는 첫째 아이를 늦어도 서른여섯에는 꼭 갖고 싶어서요. 그래야 아이랑 공원에서 뛰어놀아 줄 수 있잖겠습니까. 더 늦으면 힘들겠죠? 그리고 자식은 둘 정도는 가져야 한다고 생각하는 주의입니다. 애국을 위해서도 그게 좋죠."

서둘러서 말을 내뱉던 남자는 중간에 목이 말랐는지 빨대를 테이블에 뽑아놓고 유리잔을 들어 입에 댄 채로 아이스커피를 두어 모금 빠르게 삼켜냈다.

"아! 그리고 저는 여자 나이 별로 안 봐요. 실례지만 차장님께 미리 전해 들었는데 스물여섯이시죠? 요즘은 스물여섯, 많은 나이도 아니잖아요. 여자들도 요즘엔 회사 다니고 그러니까 결혼 늦어지는 건 어쩔 수 없죠."

"……."

"저희 누나는 스물둘에 결혼해서 일찍 애 셋 낳고 남편이 벌어다 주는 돈 받으면서 편히 살아요. 아주 세상에서 제일 부럽다니까요. 팔자 좋죠, 뭐."

남자는 냅킨으로 코를 풀듯이 콧잔등의 기름기를 닦아내며 환하게 웃어 보였다. 래미네이트 시술을 받은 듯이 유난히 치아가 하얗게 빛났다. 거무스레한 피부 덕에 치아가 더 눈에 튀었다.

점원이 방금 구운 듯 따듯하고 고소한 향이 피어오르는 스콘을 바구니에 담아오자, 남자는 습관적으로 반쯤 자리에서 일어났다. 그러고는 내 앞쪽에 냅킨을 깔고 포크를 다른 냅킨으로 한번 닦아 그 위에 반듯하게 놓아주었다.

"감사합니다."

"아, 제가 영업을 뛰다 보니까 이런 게 손에 배었네요. 근데 이러면 여자들이 연애 많이 해본 줄 알고 싫어하더라고요. 저는 사실 제대하자마자 입사해서 내내 일만 했기 때문에 여자 별로 못 만나봤어요. 윗분들이 저를 좋게 보셔서 선은 몇 번 해봤습니다. 근데 도통 말이 통하는 사람을 못 만나서요."

"네."

"이야, 오늘은 이렇게 말이 잘 통하는 분을 만나서 대화도 많이 하고 참 좋네요! 요즘 세상에는 이렇게 대화가 잘 통하는 여자분이 정말 드물어요."

빨대를 입에 문 채로 차가운 레모네이드를 목구멍으로 삼키며 탄산이 목 안에서 터지는 느낌에만 집중하고 있었던 나는 설핏 웃음이 나오려는 것을 참아냈다. 그와 인사를 한 것을 제외하고는 단답형으로 대답한 것이 전부였다.

그는 나에 대한 정보를 이미 전부 알고 있었다. 그러므로 나는 말해야 할 것이 없었다. 그저 일방적으로 쏟아지는 그의 이야기를 듣고 있는 것이 내 역할이었다. 그는 끊임없이 말을 내뱉었고 나는 계속해서 말을 삼켰다. 그에게는 이것이 대화였다. 나는 속이 더부룩해졌다.

"저는 맞벌이 좋게 생각해요. 여자분들도 밖에서 돈을 벌어봐야 남편의 고충을 이해할 수 있잖아요. 물론 어차피 애 생기면 회사를 그만둬야 하겠지만, 그때까지는 경험 삼아 괜찮죠. 저는 거의 상하이에서 살기 때문에 신혼집도 상하이 회사 가까이에 얻으려고 해요. 지금은 회사 기숙사에 있지만 결혼하면 이제 나가야죠."

어디 하나 콕 집어낼 수 없이 나는 그의 모든 말에 불쾌감을 느꼈다. 그러나 그는 상냥한 태도로 일관하며 무척 들뜬 모양새로 내 눈을 바라보며 쉬지 않고 이야기를 쏟아냈다. 나는 그저 말없이 자리를 뜨고 싶다는 생각을 수도 없이 하는 중이었다. 하지만 그런 생각이 들 때마다 큰아버지와 부모님을 떠올려야 했다. 그들의 체면을 위해 눈앞의 남자에게 무례하다는 인상을 주지 않아야 했다. 한 시간 가까이 지속되는 그의 이야기에 이따금 고개를 끄덕이며 경청하는 모습을 보여주던 와중이었다. 남자는 끝도 없이 이어지는 자신의 가족사와 학창시절에 대한 이야기를 멈추고, 어느 순간 빙그레 미소 지었다.

"이렇게 말하면 실례일지도 모르지만, 소녀처럼 고분고분한 스타일이시네요. 전 여성스러운 스타일 딱 좋아해요. 그쪽, 마음에 들었어요."

칭찬하듯이 남자는 가볍게 박수를 치며 웃었다. 더는 빨대를 물고 있을 수 없었다. 나는 비록 어른들의 의지대로 이끌려서 이 자리에 앉은 꼭두각시 인형 같은 처지였지만, 그렇다고 해서 정말 아무 생각도 없는 인형인 것은 아니었다. 내게 어울리지도 않는 고상한 정장 원피스도, 작은 여드름과 점까지 절대로 보이지 않도록 전부 꼼꼼하게 가려낸 화장도, 전부 내가 아니었다. 알지도 못하는 남자의 시선에 평가받아야 할 이유는 없다. 그에게도 나를 함부로 평가할 권리는 없다.

억지로 삼켰던 말들이 목 끝까지 차올랐다. 그만 게워내고 싶었다.

"잠시만, 저도 얘기 좀 할게요."

"네?"

"저를 오해하고 계신 것 같네요."

나는 먼저, 남자가 내 앞에 놔주었던 포크를 멀리 밀어냈다. 이미 스콘은 다 식었다. 그는 박수를 치던 손을 그대로 멈춘 채 당황스러운 표정으로 입을 살짝 벌리고 있었다. 이 남자는 큰아버지의 지인 소개로 나왔으니 다른 말로 하자면 큰아버지에게로 통하는 스피커나 다름없을 것이다. 나는 어쩌면 곧 후회할지도 모르지만 나의 결점일지도 모르는 사실들을 숨기는 것을 그만두고 싶어졌다. 왜 그렇게까지 스트레스를 받으면서 나를 숨겨야만 하는 걸까. 어차피 내가 어떤 모습이어도 그들에게는 평가하고 무게를 재보아야 할 횟감이나 다름없는데.

나는 내내 내 몸을 답답하게 조여놓은 옷의 단추를 뜯어내듯이 나를 쏟아냈다.

"저 회사 그만뒀어요. 지금 그냥 집에서 놀고먹는 백수예요. 그렇다고 그쪽이랑 결혼 생각이 있어서 여기 앉아 있는 건 아니에요. 그리고 이렇게 말하면 실례일지도 모르지만, 저보다 여덟 살이나 많으신 분한테 제 나이 걱정 듣는 것도 유쾌하지 않고요. 그거야말로 엄청난 실례인 건 아시나요?"

"예?"

"결론을 말씀드릴게요. 상하이 가서 그쪽이랑 오순도순 애 둘 낳고 살 수 있는 여성스럽고 고분고분한 여자가 세상에 있다면 따로 찾아보시고, 오늘은 그냥 일어나시죠? 저는 남은 것 좀 마시면서 생각할 게 있으니까 이제부터 방해 그만하시고 먼저 가주셨으면 해요."

남자는 그런 나를 빤히 바라보다가 또다시 박수를 쳤다. 그 넓적한 손뼉이 꼴 보기 싫어서 인상을 찌푸리고 있는 나를 보며 그는 크게 웃었다. 마치 동물원의 돌고래 쇼를 관람하는 모양새였다. 내가 화를 내는 것이 그에게는 그저 신선한 볼거리인 모양이었다. 내

가 자신에게 위협이 될 존재가 아니기 때문에 내 기분을 이해할 필
요를 못 느끼는 걸까.

"와우, 보기보다 성깔 있으시네요. 좀 놀랐습니다."

"그래요? 더 놀라게 해드릴까요?"

생각하고 한 행동이라기보다는 충동에 가까웠다. 나를 관람하
며 박수를 치는 그 남자의 얼굴을 보자 가슴속에서 끌어 오르는
울분이 나에게 무슨 일이라도 저질러 보라며 부추겼다. 어쩌면 어
른들 앞에서 조용한 미소로 침묵하며 참아온 그 시간들에 대한 반
감인지도 몰랐다.

나는 자리에서 일어나서 레모네이드가 반쯤 담긴 유리잔을 쥐어
들었다. 금방이라도 그를 향해서 잔을 들이부을 듯한 시늉을 하자
남자는 의자 뒤쪽으로 몸을 붙이며 본능적으로 물러났다. 그 모양
새가 웃겨서 웃음이 날 뻔했다.

남자는 더 이상 여유롭게 웃지 않았다. 나를 바라보는 표정이 긴
장 섞인 얼굴로 변했고 내 얼굴을 훑는 눈빛에 불쾌감이 느껴졌다.
그는 자리에서 일어나 의자에 걸쳐두었던 겉옷을 챙기며 헛웃음을
지었다.

"참내, 별 이상한 여자 다 보겠네."

"아직도 안 가셨네요?"

"지금 갑니다. 평생 그렇게 혼자 생각이나 하면서 노처녀로 사시
죠."

"그러든 말든 신경 끄세요."

남자는 뒤돌아보지 않고 다른 테이블 너머로 팔을 휘적거리며

걸어 나갔다. 그리고 비로소 내게는 휴식이 찾아왔다. 남자의 그 불편한 수다가 사라진 자리에는 햇살이 비쳤다. 딱딱하게 굳은 스콘도 사랑스럽게 느껴졌다. 탄산이 모두 빠진 레모네이드는 그럼에도 그 청량한 맛을 잃지 않고 목 뒤로 넘어가며 한결 개운한 기분이 들게 해주었다. 나는 깊이 숨을 내쉬며 마음을 가다듬었다. 갑작스러운 내 행동에 스스로도 놀랐던지 심장이 평소보다 빠르게 뛰는 것이 느껴졌다.

어쩌면 큰아버지로부터 불편한 전화가 올지도 모른다. 나답지 않고 섣부른 행동이었다. 하지만 슬며시 웃음이 떠올랐다. 마음 한가운데가 후련하게 비워진 기분이 들었다. 그걸로 됐다고 생각하면서 자리에서 일어섰다.

집으로 돌아가는 길에 마트에 들러 초콜릿을 잔뜩 사서 가방에 담았다. 카카오 함유량이 높아 쌉쌀한 맛이 나는 것부터 거의 설탕덩어리나 다름없이 다디단 밀크초콜릿까지 종류별로 골랐다. 그리고 집에 돌아와 문을 잠근 채로 침대 맡에 앉아 초콜릿 포장을 하나씩 벗겨냈다.

입안에서 부서져 녹아내리는 초콜릿이 혓바닥에 달라붙었다가 떨어지며 감미로운 소리를 냈다. 나는 눈을 감고 그 맛과 함께 초콜릿이 내게 속삭이는 소리를 들었다. 그 남자, 큰아버지, 부모님……. 머릿속에 남아 있던 불안들이 초콜릿과 함께 녹아내렸다. 한순간 사라지는 것이 안타까울 정도로 마음을 편안하게 하는 소리였다. 그래서 나는 휴대폰으로 내가 초콜릿을 먹는 소리를 녹음하기 시작했다.

나는 내 ASMR 방송의 첫 청취자가 되었다. 잠들기 전 눈을 감은 채, 도서관으로 향하는 버스 안에서, 잠이 오는 오후 3시의 휴게실에서, 그 소리를 들었다. 쓸데없는 소리들이 모여 쓸모 있게 되는 순간이 신기하고 경이로웠다. 쓸모없는 나라는 사람이 이렇게 멋진 소리를 만들어냈다는 사실을 믿을 수 없었다.

도서관 열람실 안에서는 옆자리에 앉은 타인의 숨소리조차 불쾌하게 느껴진다. 필통에서 볼펜을 꺼내거나 종잇장을 넘기는 소리까지도 의도적인 방해처럼 느껴져 서로를 예민한 눈길로 경계하게 된다. 그리고 도서관 밖으로 나와 거리를 거닐면, 고막이 마비될 정도로 시끄럽게 스피커를 통해 울리는 음악 소리를 듣는다. 세일하는 제품에 사람들의 시선이 잠깐이라도 머물기를 바라며 춤추는 풍선 인형을 세워놓고 하루 종일 반복되는 가요를 틀어놓는 것이다.

사람들은 그렇게 귀를 아예 닫거나 혹사시키면서 음량을 극도로 줄이거나 키운 공간 안에서 살아가고 있다. 하지만 귀는 눈처럼 붉게 충혈되지 않기 때문에 피로감이 겉으로 잘 드러나지 않아서 그저 점점 소리에 무심해지는 것밖에 대처 방법이 없는 것이다.

그래서 귓가에 부드럽게 닿는 소리들이 처방약이 되어줄지도 모른다는 생각이 들었다. 자장자장 아이의 등을 도닥여주는 손길처럼 적당하게 귓가를 어루만져주는 소리들. 지친 마음을 달래주는 소리들. 그게 바로 초콜릿 같은 ASMR이었다.

어떻게 이런 세계를 모르고 살아갈 수 있었을까? ASMR은 나에게 소리로 이루어진 이 세상의 다른 차원 같았다. 늘 똑같은 생활을 하는 평범한 공간 속에서도 귀를 기울이면 존재조차 몰랐던 작은 소리들이 들린다. 평소에는 무시하고 지나갔던 소음이 나에게 그들만의 이야기를 전해준다. 나는 어느새 '재미있다'는 생각을 하고 있었다. 책상을 두드리는 행동 하나에도 집중하고 있는 나를 발견했다. 특별하지 않은 소리들이 특별해지는 순간, 나는 내 모든 행동들이 의미 있는 것이라고 느낄 수 있었다. 하지만 그건 어디까지나 내 귓속에서 벌어지는 일일 뿐이다.

"너 이게 대체 뭐야? 공부랑 관련된 거 아니지?"

"엄마! 왜 내 소포를 허락도 없이 풀어요?"

거실 바닥에 뜯어진 소포 상자가 나뒹굴었다. 엄마는 현관문을 열고 들어오는 나를 기다렸다는 듯이 소포의 내용물을 들고 다가와 내 눈앞에서 흔들었다. 오랫동안 실물로 보기를 기다렸던 보이스 레코더는 비닐이 벗겨진 채로 엄마의 손안에서 쓸데없는 장난감처럼 쥐어져 흔들렸다.

"너 대체 어쩌려고 그래! 네 큰 아버지가 전화하셨어. 너 선 자리에서 왜 그랬어? 집안 망신시키려고 작정했니? 이건 또 뭐고. 너 요즘 뭐 하는 거야, 공무원 안 될 거야? 이대로 인생 망칠 거야? 정신 차려!"

"엄마, 잠깐만요. 제발, 나도 생각 좀 하게 해주세요."

떨리는 손으로 보이스 레코더를 엄마에게서 빼앗듯이 가져다가 소포 상자 안에 다시 집어넣었다. 엄마는 나와 상자를 번갈아 바라보면서 불안한 눈빛으로 소리쳤다.

"생각은 무슨 생각!"

"내 생각이요. 내가 뭘 할 때 행복한지 뭘 재미있어 하는지 어떻게 살아가고 싶은지 그런 거, 나 한 번도 생각할 시간이 없었어. 조금만, 조금만 더 시간을 주세요, 엄마."

하얗게 질린 얼굴로 엄마는 안방으로 들어가 문을 세게 닫았다. 나는 이미 포장이 뜯어진 소포 상자를 끌어안고 울었다. 울고 싶은 생각은 없었는데 눈물이 났다. 방에 들어가서 문을 잠근 후에야, 낯선 모양의 자그마한 보이스 레코더를 꺼냈다. 더듬이처럼 돋아난 금속 마이크 부근이 형광등 불빛 아래에 빛나고 있었다.

드디어 내 손에 녹음기가 들어왔다.

아르바이트비를 모은 돈으로 오래 망설이다가 구매한 것이었다. 인터넷에서 알아본 것 중에서는 저렴한 편에 속했지만 내 주머니 사정으로는 큰 결심이 필요했다. 고음질로 녹음할 수 있어서 ASMR 녹음을 위해 꼭 필요한 것이었고, 조금이라도 더 저렴한 구매를 위해서는 해외 사이트를 이용해야 했기에 생각보다 많은 시간을 기다렸다. 손에 쥐어본 보이스 레코더는 생각보다 묵직했다. 심장이 빠르게 뛰었다. ASMR 방송 채널을 운영해보겠다는 생각은 부모님과 나를 둘러싼 모두가 예상한 내 인생 계획에서 너무도 터무니없는 일이었다. 부모님은 늘 내게 말했다.

'다른 데에 재능이 없으니까 공부를 열심히 해야 하는 거야.'

'여자는 너무 튀지 않는 직업을 가져야 결혼할 때 남자 집안에서 좋아하지.'

'넌 겁이 많은 성격이니까 새로운 시도 같은 건 애초에 하지 마.'

그 예언 같은 말들에 나는 언제나 고개를 끄덕였고 부모님의 말을 거스르지 않고 살아가려고 노력했다. 하지만 ASMR은 그런 내 인생에 끼어든 농담이었다. 너무나도 재미있는 결점이었다. 부모님 생각보다 훨씬 더 쓸모없는 일인지도 모른다. 사람들의 인정을 받을 수 없을뿐더러 비웃음만 사게 될 수도 있다. 하지만 그래서 어떻다는 거지?

어차피 세상은 내가 노력하는 부분만을 봐주지는 않았다. 나는 나이기 이전에 이십대 후반으로 접어드는 여자이고 힘없고 보잘것 없는 존재이기 때문에 늘 혹독하게 평가받고 체크당했다. ASMR은 누군가의 허락을 받지 않고 나만의 생각으로 결정한 내 생의 유일한 일이었다. 그렇다면 그것만으로도 의미 있는 일인 게 아닐까?

나는 ASMR에 푹 빠지기로 이미 결심한 뒤였다. '일탈처럼 짜릿하고 달콤한 이 속삭임을 누군가의 귓속에 들려주자.' 그 생각만으로도 나는 이미 몸서리쳐지게 기뻤다. 그렇게 나는 이미, 누군가의 귓속에 속삭일 준비가 되어 있었다.

7

농담이었어, 농담

"잠시만 녹음 좀 확인하고 다시 갈게요."

테이블 중간에 엎어놓았던 휴대폰을 가져가며 인터뷰어는 녹음 된 내용을 재생해보았다. 웅성거리는 카페 안의 잡음과 배경 음악 탓에 인터뷰 중인 내 목소리가 잘 녹음되지 않았을까 봐 걱정된 모 양이었다. 나는 그의 휴대폰 스피커에서 조그맣게 퍼져오는 내 목 소리를 들었다. 낯선 여자의 음성처럼 평소보다 가늘고 높게 들렸 다. 나는 인터뷰 내용을 들으면서 여태껏 한 번도 ASMR방송에 내 목소리를 녹음해서 내보낸 적이 없었다는 사실을 떠올렸다. 인터 뷰는 재개되었고, 인터뷰어는 끊겼던 부분부터 다시 질문하기 시 작했다.

"큰 실수를 했던 순간은 없었나요?"

"많았어요. 지금도 이런저런 실수 자주 해요."

"예를 들면 어떤 게 있었어요?"

"처음 한동안 녹음한 걸 이어폰으로 들을 때 소리가 한쪽으로만 나와서 해결하느라 고생했어요. 인터넷을 뒤지고 여기저기 질문 글을 올려서 겨우 이유를 찾아냈을 땐 눈물이 다 났어요."

"그런데 ASMR 유튜버 네임인 '소리'는 본명이신 건가요?"

"아니에요. 그냥 제가 지어낸 닉네임이에요. 제가 만들어낸 소리들로 이름을 대신하고 싶어서 그렇게 지었어요."

"아, 저는 정말 소리가 이름이신 줄 알았어요."

"채널 구독자 분들 중에도 그렇게 착각하시는 분들이 계시더라고요. 어떤 분은 댓글에 제 본래 이름이 소리인 데다가 희귀성인 목씨여서 이름이 '목소리'인 거라고 써놓으셨더라고요. 그런 저와 초등학교 동창이라면서 제가 말을 못한다는 유언비어를 퍼트리기도 했었어요. 너무 확신하는 말투로 적어놔서 저도 정말 그런 사람이 있는 줄 알고 믿을 뻔했다니까요."

"진짜요? 재밌네요. 왜 그런 말을 지어냈을까요?"

"제가 영상에 직접 나와 이야기한 적이 없어서 저에 대해서 궁금했던 것 같아요. 그러다 보니 이런저런 추측을 했나 봐요."

나는 유튜브 방송으로 내보낸 ASMR 녹음 영상에 나의 목소리뿐만 아니라 얼굴이나 신체의 어느 부분도 촬영되어 나오는 일이 없도록 늘 조심했다. 부득이하게 가위를 쥔 손가락이나 키보드를 두드리는 손등이 영상에 비치는 것을 제외하고는 나의 인적사항에 대해서 들킬 수 있는 부분은 드러낸 적이 없다.

나는 평범하다. 어딘가에 사람들과 섞여 앉아 있어도 눈에 띄지 않는다. 길을 지나가는 내 모습을 특징적으로 설명하기는 힘들 것이다. 나는 머리카락이 유난히 길거나 짧지 않은 어중간한 길이인데다가 모두가 그렇듯이 무표정한 얼굴로 거리를 걷는다. 키가 크지도 않을뿐더러 특별하게 마르거나 덩치가 크지도 않다. 내 옷장에 있는 코트나 바지는 길을 가다가 똑같은 것을 입은 사람을 두어 명 이상 발견할 수 있을 정도로 보편적인 디자인과 색상이 대부분이다.

이름 또한 마찬가지다. 병원 대기실에 앉아 있다가 간호사에게 이름을 불려 자리에서 일어날 때, 동시에 자리에서 일어난 여자와 눈이 마주치는 일이 가끔 있다. 학창시절 내내 교실에 한 명씩은 꼭 나와 성까지 똑같은 이름을 가진 아이가 있었다. 나는 그런 사람이다. 사람들 속에 있을 때의 나는 유난하지 않고, 그러므로 안전하다고 느낀다.

하지만 목소리에는 지문이 있다. 목구멍을 울리면서 입을 통해 나오는 그 음성을 분해하면 주파수의 복잡한 파형이 그려지는데 그게 손끝의 지문처럼 여러 겹의 무늬가 된다. 그게 바로 각각의 특징이 되기 때문에 목소리가 똑같은 사람은 이 세상에 단 한 명도 없다는 이야기를 들은 적이 있다.

내가 '아' 한 마디를 하면, 그 순간부터 그건 내 개인의 표현이 된다. 자리에 앉아 있다가 손을 번쩍 드는 것과 마찬가지 행위인 것이다. 유튜브 방송은 세계 곳곳의 누구나 접속해서 들어올 수 있는 대광장이다. 나는 그곳에서 알 수 없는 수많은 누군가가 내 목소리를 듣는다는 것이 두렵다. 그들이 많은 사람들 사이에서 나를 특징적으로 구별해내고 주시하는 것을 상상만 해도 입술이 얼어붙는다.

하지만 내가 만들어낸 작은 소음들로 ASMR 영상을 만들어 사람들에게 들려주는 것은 늘 내게 색다른 기쁨을 선사했다. 누군가에게 선물을 주는 기분이었다. 영상을 조회하는 숫자도 두 자릿수 정도인 데다가 댓글도 거의 달리지 않았던 시절에 누군가가 내 영상을 본 뒤 '수면제 같다'고 칭찬하는 댓글을 달아주었다. 한동안 그 댓글을 프린트해서 일기장 사이에 끼워두고 매일 밤마다 자기 전에 읽었다.

'소리님 ASMR 영상은 저에게 수면제 같아요. 저는 불면증에 시달린 지 육 년째 되어가는 사람이에요. 더 자세히 말하자면 공황장애로 인한 불면증이고요. 제대로 잠들어본 게 언제인지 까마득하게 옛날이에요. 되도록 약에 의지하지 않으려고 노력했는데 결국 잠들지도 못하고 몸의 회로가 엉망이 되어서 밤낮으로 시체처럼 쓰러져 있게 되더라고요. 그러다가 ASMR에 대해 알게 되어서 자주 듣게 되었어요. 소리님 영상은 유명하지 않지만, 이상하게 저한테는 참 효과가 좋아요. 유명한 ASMR 유투버분들 영상도 많이 들어봤는데 별로였거든요. 근데 소리님 영상을 듣다가 몇 번이나 졸았어요. 너무 신기해요. 계속 듣다 보면 언젠가 깊은 잠에 빠져들 것 같은 희망이 생겨요. 소리님 정말 감사해요.'

그에게 내 영상이 수면제였다면, 그 댓글은 나에게 카페인이었다. 어떤 순간에도 가슴이 뛰게 만들었다. 지치지 않고 다시 새로운 소리들을 녹음하고 싶어지게 했다. 나는 비로소 내가 의미 있는 일을 하고 있다는 생각을 했다.

참 신기한 일이었다. 내가 새벽잠을 꼬박 새면서 만든 녹음 영상을 보면서 누군가는 잠 속으로 푹 빠져든다. 내가 녹음에 대한 고민으로 잠을 설칠수록 그런 내 노력을 알아챈 듯이 영상 조회수는 올라갔다. 영상에 달리는 댓글이 늘어나고 나의 ASMR 채널을 구독하는 청취자가 한 명씩 늘어가는 것은 이루 말할 수 없는 쾌감을 가져다주었다.

해외의 유명한 ASMR 유투버뿐만 아니라 국내에도 구독자가 오십만 명을 넘어가는 ASMR 유투버들이 몇 년 사이에 많이 생겨났다. 나는 팬의 마음으로 그런 유투버들의 영상을 보고 소리를 들으면서 그들의 영상을 사람들이 유독 좋아하는 이유를 연구했다. 사람들이 많이 찾아 듣는 ASMR에는 '숨'이 있다. 소음 사이에 숨어 있는 빈 공간이 있었다. 듣는 사람이 숨을 깊이 들이마셨다가 내쉴 수 있는 공백이 소리 안에 함께 들어 있는 것이다.

그저 무의미하게 반복되는 소음이 아니었다. 듣는 사람을 달래주고 피곤한 마음을 도닥여주고 싶다는 염원이 담긴 소리는 단순한 소음과는 무언가 달랐다. 얼마나 많은 사람들이 한계에 내몰릴 때까지 지쳐 있는지, 그래서 잠시라도 쉬면서 얼마나 위로받고 싶은지를 알고 있는 소리였다. 끊임없이 새로운 소리를 연구하고 시도하는 그들을 보면서 나도 가만히 있을 수 없었다. 나는 더 ASMR 방송에 전념했다.

그러기 위해서 공무원 시험 준비를 그만두었다. 새벽부터 충혈된 눈으로 학원에 앉아 코피를 휴지로 막은 채로 공부하는 사람들 사이에 껴 있을 때에도 나는 ASMR 녹음에 대한 생각뿐이었다. 그런 이중생활은 공부와 녹음, 어느 쪽에도 예의가 아니라는 생각이 들었다.

"저 시험 그만둘래요."

"왜 그래? 벌써 지치면 어떡하니? 다들 9급 쉽게 보고 덤벼서 한두 번 떨어지는 건 예사라더라. 십 년도 붙들고 있는 사람도 있어. 겨우 한 번 떨어진 것 가지고 그만두겠다는 거야?"

"떨어져서 그러는 게 아니에요. 어차피 전념을 다해서 공부하지도 않았어요. 나 공무원 되고 싶지 않아요."

"이제 와서 그게 무슨 말이야. 공무원은 철통 밥그릇이라 장래 걱정 없어서 좋다고 엄마가 수도 없이 말해줬잖아. 안전하니까 하라는 거야, 모르겠니?"

"나 일 년만 시간을 줘요, 엄마."

"일 년 동안 놀겠다고? 너 그러고 나면 스물여덟이야. 그때 가서 뭘 할 수 있겠어. 늦으면 늦을수록 어디 자리 잡기 힘들어. 시집을 가려고 해도 요즘엔 직업 없으면 안 돼. 엄마 말 좀 들어, 응?"

"미안해, 엄마. 나 좀 놀아보고 싶어요."

가방에 녹음기와 노트북, 배터리를 넣은 채로 집밖으로 나섰다. 무작정 걷다가 낯선 길에 멈춰서 도로의 차들이 지나다니는 소리를 녹음해보기도 하고 가까운 등산로를 따라 올라가며 나뭇가지 사이로 흘러드는 바람 소리를 녹음해보려고 노력했다. 카페 여러 곳을 찾아다니며 구석에 앉아서 귀를 기울이며 눈을 감은 채로 시간을 보냈다. 시간대별로 카페 안의 분위기가 변하고 소음이 잦아들거나 커질 때에 따라 내 마음도 가라앉거나 들뜨는 것을 느꼈다.

채널 구독자가 만 명이 되면서부터는 자신감이 붙었다. 규칙적으로 시간을 빼앗는 평일 아르바이트는 그만두고 녹음 시간에 구애받지 않는 단기 아르바이트를 가끔 찾아서 하며 녹음에 전념했다. 보통 레토르트 신제품 리뷰를 쓰거나 대형마트의 이벤트를 위해 일일 판매원으로 일하는 것이었다.

유튜브에서 ASMR 채널을 운영하는 것으로 수입이 생기는 것은 기대하지 않았다. 그러나 채널 구독자가 늘면서 조금씩 수입이 났다. 많은 돈은 아니었지만 회사에서 월급으로 받던 돈과는 또 다른 뿌듯한 기쁨을 주었다. 내가 하고 싶은 일을 스스로 찾아내서 했고, 그 결과로 생긴 수입이었다. 온전히 내가 만들어낸 소리로 낸 수입인 것이다. 적은 액수였지만 함부로 쓸 수 없는 소중한 돈이었다.

청취자가 늘면서 나의 채널에 관심을 가지는 사람들이 생겨났고 잡지 인터뷰를 위해서 이렇게 질문을 받는 날도 오게 되었다. 대단히 유명한 잡지는 아니었지만 그래도 나의 이야기를 궁금하게 여겨서 취재하러 오는 사람이 있다는 것이 신기했다. 인터뷰 주제는 '이색적인 직업'이었다.

"처음 수입은 어디에 쓰셨는지 물어봐도 될까요?"

"커튼을 샀어요."

"네? 커튼이요?"

"주로 방 안에서 영상을 찍는데, 빛을 조절하기도 힘들고 창밖에서 소음이 갑자기 튀어 들어올 때가 많아서 방해가 됐어요. 그래서 첫 수입으로는 두터운 암막 커튼을 구입했어요. 아무도 방해하지 않는 밀폐된 공간이 필요했거든요."

"그렇군요. 지금 수입은 어느 정도인가요?"

"사람들이 생각하는 것보다 훨씬 적어요. 저는 유명한 스타 유투버도 아니고 구독자가 많거나 조회수가 많은 편도 아니에요. 소속사가 있는 것도 아니고, 광고 수입도 없어요. 그리고 수입이 매달 일정하지도 않아요. 그래서 저는 다른 아르바이트도 병행하고 있어요."

"아, 얼마인지는 말씀을 안 해주시네요."

"그건 좀 곤란해서……."

"네, 알겠습니다."

인터뷰어는 수첩에 무언가를 적으며 고개를 끄덕였다. 나는 목이 타서 주스를 한 모금 마셨다.

"그러면 이번에 수입으로 뭔가 살 예정인 건 없나요?"

"지금은 새 마이크 레코드를 위해서 돈을 모으고 있어요. 좀더 입체적으로 소리를 녹음할 수 있는 모델이 있는데 가격이 좀 비싼 편이어서요."

"그렇군요. 인터뷰는 이쯤으로 하면 될 것 같아요. 사진은 안 찍고 싶다고요?"

"네, 죄송합니다."

"아니에요. 사진 촬영은 그럼 생략할게요."

"감사합니다."

"저야말로 인터뷰 응해주셔서 감사드립니다."

인터뷰가 끝난 뒤에는 서점에 들렀다. 책장 넘기는 소리가 적당한 소음과 함께 녹음될 수 있을 만한 공간을 구석구석 물색해보다가 집으로 돌아왔다. 엄마는 베란다에 널어두었던 빨랫감을 거두고 있었다. 내가 지나가는 거실을 힐금 돌아보더니 어깨가 밑으로 쳐지는 것이 보일 정도로 크게 한숨을 내쉬었다.

공무원 시험 준비를 그만두겠다고 선언한 뒤로 우리는 대화하지 않았다. 그저 룸메이트처럼 같은 공간 안에서 서로 비껴가듯이 생활하고 있었다. 아버지는 엄마에게서 내가 시험 준비를 그만뒀다는 이야기를 전해듣지 못한 것인지 아니면 일단 나를 잠자코 두고 볼 심산인지 내게 별다른 말을 하지 않으셨다. 집 안에는 평소와 다름없는 듯 보이지만 얇은 막이 쳐진 것처럼 귓가에 거슬리는 침묵이 감돌았다. 엄마의 한숨소리만이 뚜렷하게 남았다.

방에 들어와서 문을 닫고 노트북을 열었다. 광고 스팸 메일과 각종 사이트로부터 온 공지 메일로 뒤섞여 있는 메일함 목록 사이에 눈에 띄는 제목이 있었다.

'소리님, 참 너무하시네. 계속 무시할 겁니까?'

젠틀맨. 발신자의 이름을 확인하자, 메일을 열어보기가 망설여졌다. '젠틀맨'이라는 닉네임의 그는 내게 꾸준히 메일을 보내오는 유튜브 구독자 중 한 명이었다.

유튜브 채널을 운영하기 시작한 초반에는 내게 메일을 보내는 청취자가 손에 꼽을 정도로 적었다. 그 몇몇에게 감사하며 나는 되도록 모든 메일에 답장을 보내려고 노력했다. 그들은 내게서 답장을 받은 것만으로도 뜻밖의 선물을 받은 것처럼 기뻐하며 다시 답

메일을 보내거나 영상 아래에 댓글을 적어주었다. 나는 그저 백색소음을 녹음해서 영상과 함께 사이트에 업로드하는 사람일 뿐인데 내게 고민을 털어놓고 나의 조언을 구했다. 나는 그들이 나를 기댈 수 있는 큰 존재로 생각해주는 것이 가슴 벅찬 한편 큰 책임감을 느끼기도 했다.

모든 메일에 답장을 보내지 못하게 된 것은 그로부터 두 달도 되지 않은 때였다. 유튜브 사이트 내의 ASMR 검색 상단에 '좋아요' 추천을 많이 받은 내 영상 하나가 노출된 뒤, 갑자기 출근 시간의 환승 지하철 플랫폼처럼 사람들이 쏟아져 들어왔다. 댓글은 처음 영상의 세 배 이상 많아졌고 메일 사서함의 숫자는 단위가 달라졌다. 더는 메일 내용을 하나하나 살펴보는 것조차 버거운 정도가 되었다.

젠틀맨은 초기에 나와 메일을 몇 번이나 주고받았던 구독자였다. 내 ASMR 영상이 올라올 때마다 매번 댓글로 감상평을 남기는 것은 물론이고 메일도 자주 보내오는 구독자였기 때문에 닉네임을 기억할 수밖에 없었다.

'이제 인기 탔다고 애청자 말은 안 듣나 봅니다. 지금 메일 열 통 넘게 보냈는데 다 확인해놓고 답장도 없고. 내가 우습나 보죠? 소리님은 안 변할 줄 알았는데 너무 실망이네요.'

나를 향한 원망으로 시작해서 협박처럼 답장을 보내라는 말로 끝맺음을 맺는 메일을 다 읽고 난 뒤, 나는 무거운 마음으로 메일함을 닫았다. 피로감이 느껴져서 눈을 감고 눈두덩을 손가락으로 꾹꾹 매만졌다.

처음에는 응원의 말을 남기던 사람이었다. 방송 초기에 구독자가 되어준 그는 나의 채널에 영상이 올라올 때마다 찾아와 상단에 꾸준하게 긴 댓글을 달았다. '잘 보고 갑니다.'와 같은 한 줄의 댓글들 사이에 그가 남긴 장문의 댓글은 돋보였다.

'젠틀맨입니다. 오늘도 제 댓글 기다리셨죠? 오늘 영상도 아주 잘 봤습니다. 잊고 싶은 기억을 잘라내는 가위 소리라……. 혹시 소리님에게 잊고 싶은 충격적인 기억이라도 있는 건지 걱정되기도 하고 궁금하기도 한 마음입니다. 혹시라도 그런 기억이 있다면 속 시원하게 털어놓을 수 있는 상대가 있어야 마음이 편해지는 법인데 말입니다. 저는 소리님의 하소연을 들어주는 존재가 되어주고 싶은 남자, 젠틀맨입니다. 오늘도 소리님 영상을 보며 잠을 청합니다. 소리님도 좋은 밤 되시기를.'

장문의 댓글은 내게 적극적으로 구애라도 하는 분위기였기 때문에 나의 영상에 대한 관심에 감사한 마음이 들기는 했지만 한편으로는 왜인지 모르게 가슴 깊은 곳에서부터 거부감이 느껴졌다. 그러나 내게 관심을 가져주는 고마운 청취자에게 이유 없이 그런 부정적인 기분을 느낀다는 것에 죄책감이 들었다. 그래서 나는 감사하다는 답을 할 뿐, 그 외 다른 생각을 하지 않으려고 했다.

그가 무리한 요구를 시작한 것은 몇 달 전이었다. 내게 개인적으로 연락할 수 있는 휴대폰 번호를 알려달라는 내용의 메일을 보내왔다. 젠틀맨 외에도 편지나 선물을 보내주고 싶다며 주소를 묻는 구독자들이 있었다. 하지만 모두 정중하게 거절한 상태였다. 회사를 다닐 때처럼 혼자 자취하고 있었다면 고민해봤겠지만, 부모님과 함께 사는 집에 의문의 편지나 소포가 도착하게 되면 부모님에게 그 출처에 대해 설명해야 한다. 그러다 보면 ASMR 녹음 자체가 힘들어질 것이다. 쓸데없는 일을 하고 있다고 생각하실까 봐 ASMR에 관해서는 일체 부모님께는 알리지 않고 있었다.

내게 느닷없이 휴대폰 번호를 알려달라고 요구한 것은 단 한 사람, 젠틀맨뿐이었다.

'돕고 싶어서 그래요. 저도 소싯적에 영상 공부를 좀 했었기 때문에 소리님의 부족한 영상 스킬에 도움을 주고 싶습니다.'

나는 당황스럽기도 했지만 그보다도 불쾌한 마음이 들었다. 꾸준히 보내오는 메일 안에는 그의 개인적인 얘기도 들어 있었다. 대부분이 그의 지난 연애 이야기였다. 구독자 중에는 연애에 대한 고민이나 이별에 마음 아파하며 잠 못 이루는 분들이 많았기 때문에 때로는 연애 고민을 털어놓는 댓글이나 메일도 더러 있었고 나는 그들을 위로하는 말을 신중하게 골라 답장하거나 그들이 괴로운 마음을 잊고 편히 잠들 수 있는 음악을 추천하기도 했다.

하지만 그의 연애 이야기는 그런 것이 아니었다. 여태까지 만난 여자들에 대한 분노가 주된 내용이었다. 꾸며낸 이야기인지 실제 경험했던 일들인지는 알 수 없지만 그는 외설스러운 성적인 이야기까지 서슴지 않고 적어 내려갔다. 그뿐만 아니라 그들의 신체적 특징에 관한 이야기도 적나라하게 쓰여 있었다.

나는 그런 그의 메일을 읽을 때 쓰레기통이 된 기분이었다. 그는 아무렇게나 하고 싶은 말들을 나에게 뱉어냈다. 그는 하고 싶은 말들을 전부 뭉쳐서 쓰레기통에 던져 넣듯 내뱉고 나서 자신이 내게 한 말들을 개운하게 잊을 것이다. 그러나 나는 메일을 읽고 난 뒤에도 한참을 더러운 기분에 잠겨 있어야 했다. 장문의 메일 끝에 그는 늘 말했다.

'사실 이런 얘기 들어주는 여자가 잘 없잖아요. 근데 소리님은 너무 편하기 때문에 이런 얘기도 할 수 있는 거겠죠. 어차피 소리님은 그냥 듣기만 하는 거라 어렵지 않겠지만, 그래도 이야기를 잘 들어주니까 저도 계속 소리님 채널을 찾아주게 되는 거고요. 우리는 이렇게 서로 돕고 돕는 관계니까요. 제 마음 이해하시죠?'

내가 ASMR 유튜브 채널을 운영하려고 했던 이유가 뭐였지? 그걸 위해 이런 괴로움까지 꼭 견뎌야 하는 걸까? 어쩌면 이 사람은 나의 팬이 아니라 단순히 나를 괴롭히고 싶어서 이러는 건 아닐까?

그에게서 메일이 올 때마다 나는 깊은 나락 속으로 떨어져 내렸다. 그는 불쑥 불청객처럼 익명으로 찾아와 인신공격을 하는 악플러들과는 성향이 달랐다. 나에게 욕을 한다거나 영상 화면에 보이지도 않는 내 외모를 비하하고 나를 우스갯거리로 만드는 말을 하지는 않았다. 때로는 진지하게 나의 녹음에 대해서 함께 고민해주는 것 같은 모습을 보일 때도 있었다. 나를 불쾌하게 만드는 것은 그저 '분위기'일 뿐이었다. 오래전 그에게 불면증을 안기고 떠났다는 옛 여자친구에 대한 험담을 할 때에는 상처 입은 그의 마음을 헤아려주는 것이 내 역할이라는 생각을 했고, 더욱 괴로웠다.

'나쁜 년, 시발년, 꽃뱀 같은 년. 그년이 나를 이 지옥으로 밀어 넣었습니다. 소리님은 그런 년들과는 차원이 다르니까 잘 모르겠지만, 그년은 정말 쓰레기 같은 년이었거든요. 제가 얼마나 상처 받았을지 소리님은 이해하시죠?'

메일 속에서 비참한 취급을 받는 그 여자는 내가 아니었다. 하지만 나는 젠틀맨의 메일에서 그런 모욕적인 단어들을 발견할 때마다 옆통수가 쑥쑥 쑤시는 편두통을 느꼈다. 속이 울렁거리고 시선을 돌리고 싶어서 견딜 수가 없었다. 그는 메일 속 옛 여자친구와는 다르게 나에게는 '님' 자를 붙이며 늘 정중한 태도로 일관했다. 그러나 나는 이미 심한 모욕감을 느꼈다. 그의 그런 은밀한 공격으로부터 나를 방어할 방법을 찾지 못했다. 그저 괴로운 마음을 숨기며 억지로 답장을 보내는 것이 전부였다. 그러다가 결국에 더는 참지 못할 지경이 되었다.

더 이상 그의 메일을 확인하지 않기로 결정했다. 녹음과 촬영에 집중하고 구독자가 많아지면서 너무 바빠지기도 했지만 그게 그의 메일을 읽지 않는 이유는 아니었다. 짬을 내어서 다른 메일에는 가끔 답장을 보내기도 했다. 그러나 그의 메일에는 결코 답장하지 않았다. 그리고 그의 태도가 점점 바뀌기 시작했다.

'그냥 한 번 만나서 고민 상담 좀 해달라는 건데, 왜 대답이 없으시죠? 혹시 일부러 의도적으로 나를 피하는 건 아니죠? 솔직히 어려운 부탁 아니잖아요.'

그는 마치 나의 반응을 떠보기라도 하는 것처럼 예전보다 더 자주 짧은 내용의 메일을 보냈다. ASMR 영상에도 '메일 확인 좀 하시죠.'라는 댓글을 꾸준히 달기 시작했기 때문에 더 이상 외면할 수가 없었다. 그래서 겨우 거절의 메일을 보내면 사흘 정도는 잠잠했다. 영상에 댓글을 달지도 않았다. 그러나 그것도 잠시, 곧 다른 내용의 요구를 담은 메일이 왔다.

'다른 사람도 아니고 초창기부터 구독자인 내가 만나자고 하잖아요. 그게 부담스러우신가 보죠? 그럼 연락처를 주든가요. 애청자인 내게 최소한의 성의는 보여야 하지 않습니까? 대면하지 않고 전화로 조용히 이야기를 좀 들어주시죠. 이 정도는 해주실 거라고 믿습니다.'

그는 만 명의 구독자 중의 한 명이었다. 내가 녹음한 ASMR을 들으면서 잠들거나 휴식을 취하는 그 많은 사람 중의 한 명일 뿐인 것이다. 하지만 그는 내가 자신에게만 특별대우를 해주는 것이 당연한 것처럼 굴었다.

혹시 내가 그를 나에게 특별한 존재라고 착각하게 할 만한 이야기를 한 적이 있었나? 내가 그에게 보낸 메일들과 댓글을 처음부터 전부 살펴봤다. 하지만 그런 부분은 발견할 수 없었다. 나는 그가 점점 두려워졌다.

'소리님 전화번호는 뭐 돈이라도 줘야 받을 수 있나? 내가 얼굴 보자고 하는 것도 아닌데 그깟 휴대폰 번호 하나로 참 비싸게도 구네요.'

그는 나의 단호한 거절의 말에도 아랑곳하지 않았다. 오히려 빈정거리는 말투로 돌변하여 내 눈에 띄는 곳마다 등장하기 시작했다. 삼십 분에 한 번씩 같은 내용의 댓글을 달아서 내가 언제 영상을 확인해도 상단에 그의 댓글이 눈에 띄도록 했다. 메일도 마찬가지였다. 메일함의 맨 위쪽에는 어김없이 그의 메일이 도착해 있었다. 나는 더는 그의 조롱 섞인 댓글을 참을 수 없었고 그를 신고하기로 했다. 하지만 신고가 가능한 신고 사유 해당사항 중에 젠틀맨이 해당되는 곳이 없었다.

그는 상업적인 댓글을 단 것이 아니었고, 음란물을 올린 것도 아니었다. 그가 내게 행한 것은 증오심을 표현하거나 노골적인 폭력도 아니었다. 권리 침해의 괴롭힘이라고 말하기도 힘들었다.

분명히 나는 젠틀맨이라는 구독자의 댓글과 메일로 마음이 괴로웠지만 그가 나를 괴롭혔다는 것이 '메일 확인 좀 하시죠.'와 같은 짧은 댓글 안에는 드러나지 않았다. 게다가 그를 신고한다고 해도 그가 받는 벌이라곤 일주일 정도 유튜브 영상에 댓글을 다는 활동을 금지당하는 것뿐이었다. 오히려 내가 신고했다는 사실에 그가 분노하여 나를 더욱더 괴롭힐 수도 있다는 생각에 두려웠다.

그러나 다행히도 내가 그를 신고하려던 순간부터 그의 존재는 거짓말처럼 사라졌다. 메일함과 댓글 사이에서도 젠틀맨은 보이지 않았다. 나는 홀연히 모습을 감춘 그의 태도에 의아했지만 그것보다는 홀가분한 마음이 더 강했다. 보이지 않는 족쇄에서 풀려난 것 같았다. 그렇게 한동안은 그에 대해서 잊고 지낼 수 있었다.

"저기, 혹시 인터뷰 요청하셨던 파랑새님?"

"아이고, 네. 맞습니다. 어서 오세요."

약속 장소는 반지하에 있는 어둑한 호프집이었다. 많지는 않지만 몇 번의 잡지와 인터넷 신문 인터뷰 경험으로는, 보통 카페에서 인터뷰를 진행하곤 했다. 호프집의 낮은 천장에 자그마한 전구가 붙어 달랑거리고 있었다. 그 어두운 조명 때문에 실내에는 탁한 분위기가 감돌았다. 벙거지 모자를 푹 눌러쓴 남자는 자리에서 일어나며 내게 불쑥 손을 내밀어 악수를 청했다. 살짝 맞잡은 두툼한 손바닥은 그가 살아온 세월이 고스란히 느껴질 정도로 거칠었다. 손가락에 길게 털이 자라 있었다.

나는 어색하게 웃는 얼굴로 그의 맞은편에 엉거주춤하게 앉았다. 모자챙으로 그늘져 있어서 그의 얼굴은 잘 보이지 않았지만 면도를 했음에도 턱 부근을 거뭇하게 덮고 있는 수염자국을 가릴 수 없는 것이 눈에 띄었다. 한눈에 보기에도 그는 대학생으로 보이지 않았다. 그는 왜소한 체격이었고 다리를 꼰 채로 자리에 앉아 있었다. 습관인 듯 팔짱을 낀 자세로 비스듬히 몸을 숙여 나를 훑어보다가 직원을 불렀다.

"생맥주 괜찮으시죠? 아, 혹시 술 못하시는 건 아니죠?"

"죄송하지만 저는 그냥 콜라로 주세요."

"그러세요, 그럼."

테이블 위에는 그가 이미 반쯤 마신 맥주잔이 놓여 있었다. 인터뷰를 하겠다면서 맥주를 주문하는 것이 상식적인 행동일까. 그는 내 구독자 중의 한 명이었다. 실제로 구독자를 만나는 것은 처음이었기 때문에 나는 긴장한 상태였다.

메일을 받은 것은 일주일 전이었다. 파랑새라는 닉네임의 그는 영상 공부를 하고 있는 대학생이라며 자신을 소개했다. 졸업이 가까워져서 포트폴리오를 작성해야 하는데 과제의 일환으로 영상 관련 직종에 대한 인터뷰를 진행하는 중이라고 했다. 평소 ASMR에도 관심이 많았기 때문에 구독하고 있던 내 채널이 떠올라서 어렵게 메일을 보내본다며 내게 인터뷰를 요청했다.

181
농담이었어, 농담

'불편하실 텐데 이런 부탁을 드려서 죄송합니다. 근데 제가 학점도 너무 딸리고 졸업할 때가 되니까 뭐든 해야겠다는 생각에 너무 절실해서요. 부탁드립니다.'

나는 가능하면 구독자를 직접 만나는 일은 부담스러워서 피하고 싶었다. 하지만 취직 걱정을 하는 그의 메일에서 면접을 볼 때마다 축 처진 어깨로 집에 돌아가던 지난날의 내 모습이 떠올랐기 때문에 그의 부탁을 거절할 수가 없었다.

"생각보다는 어려 보이시네? 솔직히 기대 안 했는데."

"네?"

"목소리도 아름다우십니다. 영상에 얼굴도 안 나오고 말도 안 하시기에 저는 뭐 어디 하자 있는 줄 알았네요."

내 대답이 없어도 그는 즐겁게 웃으며 맥주잔을 들었다. 유리로 된 맥주잔을 쥔 그의 손등은 핏줄이 도드라진 데다가 주름이 져 있었다. 말할 때마다 담배 냄새와 함께 가래 끓는 탁한 목소리가 함께 섞여 나왔다. 아무리 봐도 사십대 중반은 되어 보이는 인상이었다.

하지만 '대학생'이라는 그의 메일만 읽고서 그를 이십대 청년으로 상상한 것은, 나의 선입관일지도 모른다는 생각이 들었다. 대학 졸업반의 만학도일 수도 있는 것이다. 나는 호프집 직원이 가져다준 차가운 콜라를 한 모금 삼키고 나서 그에게 말했다.

"파랑새님이라고 하셨죠? 인터뷰 바로 시작하셔도 돼요."

"아, 제가 너무 쓸데없는 얘기를 늘어놨나요?"

"그게 아니라, 대학 졸업반이라고 하셨는데 제가 괜히 시간을 많이 뺏으면 안 될 것 같아서요. 포트폴리오 준비하느라 바쁘시죠?"

"아, 그거요? 그렇죠. 바쁘죠."

재미난 농담이라도 들은 것처럼 그는 갑자기 웃음을 터뜨렸다. 나는 왠지 모를 불쾌감을 느꼈지만 입을 다문 채로 콧숨을 길게 내뱉으며 그런 기분을 떨쳐내려고 노력했다. 그는 벌써 세 번째로 주문해서 반쯤 마신 500cc 맥주잔을 조금 앞 쪽으로 밀어놨다. 그리고 옆에 놔둔 납작한 서류 가방에서 수첩을 꺼냈다. 모나미 볼펜 하나를 찾기 위해서 서류 가방 깊숙이 손을 집어넣어서 한참을 헤매야 했다.

"근데 평소에도 이렇게 입고 다니세요?"

"네?"

"아니, 치마를 입고 오셨잖아요."

턱짓으로 내 쪽을 가리키며 그가 물었다. 나는 고개를 내려 내 옷차림을 내려다보았다. 흰 블라우스에 짙은 회색 스커트를 입고 있었다. 종아리를 반쯤 가리며 길게 내려오는 모직 소재 스커트는 초가을의 찬바람을 막아내면서도 편하게 입을 수 있어서 즐겨 입는 옷이었다. 나는 그가 말하고자 하는 바를 이해할 수 없어서 다시 고개를 들어 그를 바라보았다. 눈이 마주치자 그가 샐쭉 웃어 보였다.

"사진은 안 찍겠다고 하셔놓고는 치마까지 차려입고 오니까 혹시나 싶어서……."

"혹시나요?"

"아니, 혹시나 저한테 마음이 있어서 그렇게 입고 오신 건가 싶잖아요. 남자 입장에서는 꼭 그렇게 보인다니까요."

"네?"

"물론 아니실 수도 있고요. 뭐, 그냥 그렇다 이거죠."

그는 손사래를 치며 혼자 웃었다. 나는 웃음이 나오지 않았다. 수첩은 펼치지도 않은 상태였다. 그는 약간 취기가 도는 듯이 부주의한 몸짓으로 테이블을 건드렸고 그 바람에 테이블이 기울어 맥주잔과 콜라캔이 떨어질 뻔했지만 내가 바로 테이블 모서리를 쥐어 불상사를 막을 수 있었다. 그는 바닥으로 떨어진 볼펜을 줍기 위해서 느릿하게 몸을 숙였다가 천천히 고개를 들었다. 그러더니 날 바라보며 얇은 입술을 길게 늘어뜨리더니 느릿하게 웃으며 말했다.

"구두도 신고 오셨네?"

"네? 잠시만요. 지금 저한테 계속 뭐 하시는 거예요?"

"아니, 농담이에요. 농담! 그냥 인터뷰 때문에 긴장했을까 봐 그런 겁니다. 그렇게 화난 표정 하지 마세요, 소리 양."

소리 '님'이라고 부르던 호칭은 어느새 그의 마음대로 소리 '양'으로 바뀌어 있었다. 그런 사소한 것에서부터 이미 얼굴이 뜨거워질 정도로 화가 났고 속이 매스꺼웠다. 그는 그제야 내 눈치를 조금 살피더니 헛기침을 하며 수첩 종이를 팔랑팔랑 거칠게 넘겼다. 나는 당장이라도 그 자리를 박차고 일어나고 싶은 마음을 간신히 누르고 있었다.

"그러면 질문을 시작하겠습니다. 아, 빨리 끝날 거니까 걱정하지 마시고 조금만 더 시간 내주시면 감사하겠습니다."

나는 대답하지 않았다. 그는 벙거지 모자 안쪽으로 손가락을 집어넣어 이마 부근을 손끝으로 긁적이면서 수첩을 유심히 바라보았다. 그러고는 뭐가 마음에 안 드는지 한숨을 크게 내쉬었다. 이미 그의 몸은 옆으로 살짝 기울어져 있었다. 나는 그의 질문에 잠시 대답을 하다가 다른 일정이 있다는 핑계로 일어나야겠다고 속으로 다짐하며 가방을 미리 손에 쥐고 있었다.

"이제… 우리… 소리 씨가……, ASMR이라는 혁신적이고도 특이한 종목으로 유투버 활동을 하시면서……, 팬이 많이 생겼을 걸로 생각이 됩니다. 그중에서 기억에 남는 팬은 혹시 없습니까? 왜, 그래도 좀 헌신적이다 싶은, 열렬하고 감사한 팬이 있잖습니까?"

"기억에 남는 분들은 많죠. 요즘엔 바빠서 답장을 잘 못해드리지만 예전에는 고민 상담을 하는 분들과 자주 소통을 하곤 했었어요. 다들 고마운 분들이죠."

"그중에 마음에 드는 남자가 있거나 그러진 않았나요? 있었을 것 같은데?"

"저기요, 지금 대체 뭘 묻고 싶으신 건가요?"

"아니, 기분 나쁘셨다면 죄송합니다. 제가 또 눈치 없는 짓을 했네요. 분위기를 좀 풀어보려고 그런 건데. 죄송합니다."

고개를 앞쪽으로 깊이 숙이며 그는 사과를 했다. 나는 한숨을 삼키면서 자리에 그대로 앉아 있었다. 자리를 박차고 일어나고 싶었지만 사과하는 모습을 보이는데 갑자기 상대방에게 화를 낼 수는 없는 일이었다. 그는 깊이 생각하는 표정으로 수첩을 집요하게 한참 들여다보며 질문할 말을 골랐다. 이번 질문을 마지막으로 그만 자리에서 일어나야겠다고 생각하던 참이었다. 그가 은밀한 목소리로 고개를 들어 속삭이듯이 물었다.

"그런데요, 혹시 저 누군지 모르시겠어요?"

"네?"

"아직도 눈치 못 채시네. 난 웃겨서 이제 못할 것 같은데."

남자는 수첩을 탁 접어 테이블 위에 올려두었다. 뒷목을 타고 올라가는 싸한 기운에 몸을 뒤로 빼고 그런 그를 바라봤다. 남자는 여태까지 꾹 눌러쓰고 있던 모자를 벗었다. 눌려 있던 기운 없는 머리카락은 이리저리 구부러져 여러 갈래로 뻗쳐 있었지만 그럼에도 불그스레한 두피를 전부 가릴 수 없을 정도로 머리숱이 적었다. 모자를 벗기 전보다 훨씬 나이가 들어 보이는 얼굴이었다. 그는 윗니가 전부 드러나도록 웃으며 어깨를 들썩였다.

"접니다. 저!"

"무슨 말씀이세요. 누구신데요."

"저 젠틀맨입니다! 속았죠?"

그의 입에서 젠틀맨이라는 단어가 나오는 순간, 나는 어깨를 떨며 소스라치게 놀랐다. 가방을 쥔 손바닥에 식은땀이 배어나오는 것이 느껴졌다. 내 놀란 표정을 재미있다는 듯이 웃으며 살펴보는 그의 눈동자가 조명 아래에서 새까맣게 빛나고 있었다. 벌어진 내 입에서는 아무 말도 나오지 않았다. 그는 통쾌하다는 듯이 테이블을 두드리며 웃었다.

"거봐요! 결국 이렇게 만나게 될걸! 그냥 좋게좋게 연락처 좀 주고 만나면 얼마나 좋습니까? 만나보니까 나 이상한 놈 아니잖아요. 모자 쓰고 있을 때는 여태까지 대학생인 줄 알았죠? 내가 누군지

꿈에도 몰랐지?"

전기가 오른 것처럼 나는 자리에서 발작적으로 일어섰다. 악몽 같았다. 머릿속은 새까맣게 변했지만 이곳에서 벗어나야 한다는 생각이 몸으로 전해졌다. 나는 그대로 뒤돌아 빠른 걸음으로 반지하의 계단을 두 칸씩 뛰어올라갔다. 등 뒤에서 그가 나를 다급하게 부르는 소리가 들려와 심장이 더 빠르게 뛰었다. 낮은 구두를 신고 있었지만 계단을 전부 올라섰을 때 발목에 무리가 간 모양이었다. 걸음을 옮길 때마다 발목이 시큰거렸다.

"소리 씨! 잠깐만, 거기 서! 소리 씨!"

뒤늦게 그가 나를 따라오면서 나를 불렀다. 뒤돌아보지 않고 나는 그대로 사람들 사이에 섞여 인도를 빠르게 헤쳐 나갔다. 그러나 등 뒤에서 나를 부르는 소리가 점점 가까워지고 있었다. 그때 역 가까이에 자그마한 파출소가 보였던 것은 내게 기적적인 일이었다. 나를 따라잡은 그가 내 어깨를 강하게 쥐었을 때, 파출소 문을 열고 나오던 두 명의 경찰 중 한 명과 눈이 마주쳤다.

"도와주세요!"

"무슨 일입니까?"

내 어깨를 쥐었던 그의 손이 빠르게 떨어졌다.

"아무 일도 아닙니다. 그냥, 오해가 좀 있어서……."

젠틀맨은 뒷걸음질 쳐서 내게서 조금 떨어졌다. 나는 다리에 힘이 풀려서 주저앉았다. 그때 경찰 한 명이 다가와서 나를 부축했고 젠틀맨과 나는 결국 파출소 안으로 들어가게 되었다. 파출소 문 앞에서 눈이 마주쳤다. 나는 젠틀맨에게서 분통을 삭이며 나를 원망하는 눈빛을 읽었다. 바로 외면했지만 팔뚝에 소름이 돋았다. 그는 의자에 앉아 벙거지 모자를 벗어 들고 두 손으로 모자챙 부분을 구기면서 말했다.

"그냥, 장난이었습니다."

변명이라고 하는 그의 말에 나는 헛웃음이 나왔다.

"나를… 무시하는 게 기분이 나빴습니다. 내가 이상한 놈도 아닌데 연락처를 안 주니까 기분 상하는 게 당연하잖습니까? 내가 그동안 응원해준 걸 생각하면 나한테 이럴 수는 없는 겁니다. 내가 성추행을 한 것도 아니고, 안 그렇습니까?"

나는 가방을 쥔 손아귀에 힘을 주며 그의 말에 있는 힘껏 받아쳤다.

"성추행이 아니었다고요? 다른 사람인 척 인터뷰한다고 사람 속인 것도 모자라서, 치마나 구두 운운했던 게 성추행이 아니라고요?"

"그건 그냥 농담이었다니까, 농담!"

"자, 일단 그만들 하세요."

경위를 다 들은 경찰은 벽시계를 올려다보다가 한숨을 쉬며 고개를 저었다. 나는 모자를 구기며 나를 흘금거리는 젠틀맨의 눈빛이 두려웠다. 경찰이 잠시라도 자리를 비운다면 그가 모자를 던지고 내게 다가와 멱살을 잡거나 뺨이라도 때릴 것 같다는 생각이 들었다. 충분히 그런 행동을 할 수도 있는 사람이다. 그러나 경찰은 평온하고 느긋한 말투로 내 쪽을 보며 말했다.

"얘기 들어보니까 실제로 피해 입은 것도 없고, 아가씨도 그만 화

푸세요. 이 선생님이 아가씨를 팬으로서 좋아하는 마음에 그런 것
같은데, 한번 넘어가세요."

내가 뭐라고 반발하기도 전에 경찰은 젠틀맨 쪽으로 고개를 틀
었다.

"그리고 선생님도 사과하세요. 요즘에는 이러면 사기죄로 신고당
해요. 그러면 일이 아주 복잡해집니다. 저쪽에서 추행이라고 주장
하면, 그것도 그냥 넘어가기 힘들어져요. 그러니까 이쪽에서 그냥
넘어가세요. 일 복잡하게 만들어봤자 서로 피곤해질 뿐입니다."

"하지만 정말 성추행이었어요! 저한테 무슨 말을 했냐면……!"

"농담이었다고 하잖습니까. 한번 넘어가세요."

그게 끝이었다. 경찰은 내 하소연을 들어줄 시간이 없다는 듯이
서둘러 그와 나를 파출소 밖으로 내보내려고 했다. 젠틀맨은 파출
소 밖으로 나가기 전에 나를 한번 쏘아보고는 등을 돌려 성큼성큼
앞으로 걸어 나갔다. 그가 역으로 통하는 입구 안까지 걸어가는 것
이 보였지만 나는 그 후로도 한참을 파출소 밖으로 나가지 못하고
있었다.

"아가씨, 왜 안 가고 그러고 서 있어요?"

경찰이 정수기 앞에서 물을 마시다가 나를 흘끔 바라보며 그렇
게 말했다. 더는 이렇게 시간을 지체할 수 없다는 생각이 들었지만
파출소 문 밖에 나와서도 마음이 불안해서 걸어갈 수가 없었다. 결
국에는 파출소 문 앞에서 두 시간 가까이 서 있다가 겨우 택시를
잡아탔다. 운 좋게도 내게 쓸데없는 농담을 걸거나 추근거리지 않
는 과묵한 택시 운전수를 만났고, 집으로 돌아가는 내내 지금 내

게 일어난 일에 대해서 혼자 조용히 생각할 수 있었다.

과연 이 일이 농담이었다고, 그 한마디로 넘어갈 수 있는 일이었을까.

'내 인생이, 내 존재가 당신들에게는 그저 농담거리야?'

반성의 기미가 없는 젠틀맨과 무작정 일을 무마하기에 급급한 경찰관에게 그렇게 쏘아주지 못한 것이 목에 가시처럼 걸렸다. 나는 집으로 오는 내내 주먹 쥔 손의 손톱이 손바닥에 박혀 자국을 낼 때까지 손에 힘을 주고 있었다.

그 뒤로 젠틀맨은 물론이고 그의 분신인 파랑새도 내 채널 댓글과 메일함에서 자취를 감췄다. 하지만 나는 그가 다른 이름으로 불쑥 다시 내 앞에 나타날지도 모른다는 두려움에서 한동안 벗어날 수 없었다. 어디선가 그가 나를 원망하는 눈길로 몰래 훔쳐보면서 복수할 때를 기다리고 있을 것만 같았다.

혹여나 그가 나에 대한 흥미를 완전히 잃어 나를 찾아오지 않는 거라고 해도, 마음이 후련하지는 않다. 내가 아닌 다른 누군가에게도 그는 은근한 괴롭힘을 멈추지 않을 것이다. 그에게는 그 모든 일이 고작 농담일 뿐일 테니까.

8

목소리

"너 뭔가 착각하는 거 아니야?"

재미있는 얘기를 들은 것처럼, 그는 잇새로 깨물고 있던 빨대를 뱉어내며 웃는다. 빨대 안으로 빨려 올라가던 아이스커피가 다시 투명한 플라스틱 컵 안으로 떨어져 얼음을 흔들었다. 나는 고개를 내려 테이블 모서리를 응시하며 차분히 이야기를 이어가던 중이었다. 가벼운 그의 웃음소리에 나는 고개를 들었고, 그는 되물었다.

"너 뭐 약간, 피해망상 같은 거 있는 거 아니냐?"

"뭐? 내가?"

"아니, 그렇잖아. 실제로 그런 일이 있다고 쳐. 그래도 길에서 누가 스토커처럼 쫓아온다거나 만난 남자들이 자연스럽게 성희롱을 한다거나 그런 게 흔한 일은 아닐걸? 내 주변 여자들 그런 일 겪었다는 얘기 들어본 적 없는데?"

그는 태블릿PC를 터치펜으로 톡톡 건드리며 웃었다. 메모 기능이 켜져 있는 화면에는 그가 터치펜으로 휘갈겨 써놓은 '여자'라는 글자가 뚜렷하게 남아 있었다. 내가 어렵게 꺼낸 이야기를 듣고도 그는 황당하다는 듯이 고개를 저으며 웃는다. 그의 태도에 나는 절망감을 느꼈다. 이 자리에 나와 앉아 있는 것 자체가 후회되었다.

대학 동기인 준영 오빠는 대학 때부터 인기가 많은 타입이었다. 부드러운 인상에 잘 웃고 쾌활한 성격으로 남녀 모두의 이목을 끌었다. 비록 학교생활을 성실히 하지 못해서 전공과목 학점도 낮은 데다가 학사경고를 받는 일도 있었지만 담당 교수의 총애 덕분에 어렵지 않게 제때 졸업할 수 있었다.

삼수생이었기 때문에 동기들보다 두 살이 더 많았지만 동기들과 잘 어울려 지냈다. 선배들에게는 나이가 많은 후배임에도 불구하고 친구 같은 후배였다. 교내에서 선배들과 담배를 피우며 잡담을 나누는 모습을 자주 보았다. 그가 가는 곳마다 웃음소리가 들려오곤 했다. 내가 졸업할 당시에 그는 군 복무 중이었지만, 워낙 발이 넓은 사람이기 때문에 졸업 후에도 여기저기서 그의 소식이 들려왔다.

먼저 나를 만나자고 한 것은 그였다. 유튜브에서 ASMR 채널을 운영하는 내 소식을 들었다며, 바로 어제 만난 사이처럼 스스럼없이 전화를 해왔다.

"나 영화 쪽에서 공부 중이야. 꽤 유명하신 감독님 밑에서 지내고 있거든. 소식 들어서 알지?"

"응, 들었어. 멋지다."

"멋지기는, 아직은 그냥 영화감독 지망생일 뿐이야."

그가 선물이라며 내민 소설책은 요즘 흥행하고 있는 영화가 원작이었다. 보통 소설이 영화의 원작이 되곤 하는데 이 작품은 반대로 시나리오 영화가 나중에 소설이 되었다. 그가 일하고 있는 영화사에서 나온 작품이라고 했다. 이따금 티브이 광고로 마주쳤기 때문에 익숙한 작품이었다. 오랜만에 만나는 데다가 단둘이 이야기를 나눠본 적이 한 번도 없었는데도, 그는 대학 때처럼 자연스럽게 말을 걸고 편한 얼굴로 웃었다. 그런 그가 나에게는 참 신기한 존재였다.

준영 오빠는 여느 남학생들과는 달랐다. 의도적으로 여학생들에게 추근거리거나 야릇한 눈빛으로 멀리서 쳐다보거나 술기운을 핑계로 스킨십을 꾀하는 남학생들 사이에서 단연 눈에 띄었다. 술자리에서도 추태를 보이는 일도 없었을뿐더러 여학생들을 불쾌하게 하는 농담은 하지 않았다. 누구에게든 차별 없이 말을 걸었고 타인의 이야기를 잘 들어주었다. 그런 그에 대해 좋은 인상이 남아 있었기 때문에 그에게서 느닷없이 연락이 왔을 때에도 흔쾌히 약속을 잡았던 것이다.

"아무 얘기든 좋아. ASMR이라는 것도 참신한 소재인 것 같고……. 뭐든 좋으니까 네가 살아온 얘기를 해봐. 이번에 시나리오로 한번 써보려는 작품 주인공을 여자로 설정했는데, 그게 쉽지가 않더라고. 내가 여자가 아니라서 그런가? 현실감이 떨어지는 것 같아. 그러니까 남자인 내가 모를 만한 여자들의 평범한 이야기를 듣고 싶어."

그의 말에 제일 먼저 떠오른 것은 댓글창을 가득 매우는 성적인 농담들이었다. 훑어보는 것만으로도 심한 모욕감을 느끼게 하는, 나를 향한 수많은 타인들의 불쾌한 농담들. 한두 명이 아니라 수많은 사람들이, 중장년의 남성부터 하물며 어린 학생들까지 그런 성적 농담에 자연스럽게 참여한다. 그들에겐 마치 '놀이'인 것 같다.

거리로 나가면 댓글들은 시선이 되어 따라온다. 얼굴, 피부, 머리카락, 다리, 가슴, 발, 손가락 하나하나를 뜯어보며 나를 희롱하고 탐하고 괴롭히는 시선들. 아주 어린 시절 초등학교 교실에서부터 시작되어 버스와 지하철, 회사 사무실, 카페와 실외 화장실의 벽까지 뚫고 들어와 끊임없이 인생 곳곳에 따라오는 그 시선들. 매일매일 그 시선들을 참아내며 살아가는 것이 내가 알고 있는 평범한 여자의 삶이었다.

그들은 그저 훔쳐보는 것에서 그치지 않는다. 숨어 있던 시선은 골목길에서 튀어나와 등 뒤를 쫓아온다. 마치 제 몫의 사냥감을 쟁취한 것마냥 제 앞의 여자를 함부로 희롱한다. 그러나 신체를 털 끝 하나 건드리지 않았다면 그 폭력적인 시선도, 욕설과 음담패설도 위협이 되지 않는다고 말한다. 마치 공놀이를 하는 어린아이들처럼 금을 밟지 않았으니까 반칙을 한 것은 아니라고 우기면서 즐거워한다.

"내 얘기가 우스워?"

"우습다니! 그게 아니라 현실성이 부족하다는 거지."

"여자들에게 정말 다 흔한 일이야. 어쩔 수 없으니까 그냥 참고 사는 거지."

"에이, 설마. 네 망상인 건 아니고?"

나는 웃지 않았지만 그는 여전히 웃고 있었다.

"야, 아무리 내가 영화 소재를 달라고 했기로서니, 그렇게 추리소설이나 범죄사건 같은 얘기를 들려줄 필요는 없어. 그냥 평범한 이야기를 듣고 싶다니까? 너 이야기의 주인공 되고 싶어서 그러는구나?"

"내가 지금 장난하는 것 같아?"

"아… 아냐, 그런 말은 아니고."

그제야 그는 입을 다물었다. 그러고는 어색한 손짓으로 뒷목을 긁적이다가 빨대를 반복해서 구부렸다. 그는 '여자'라고 적어놓은 단어에 동그라미로 두 번 테두리를 치듯이 둘러쌌다. 그게 마치 나를 둘러싸고 있는 그 꺼림칙한 시선들처럼 느껴져서 명치끝이 눌린 답답한 기분이 들었다.

그는 이내 고개를 들면서 웃는 얼굴로 사과했다. 어색한 분위기를 견딜 수 있는 사람이 아니었다. 그는 어디서든 사람들의 호감을 샀고 환호를 받았다. 그가 실수를 해도 그에게 진심으로 화를 내는 사람은 본 적이 없다. 준영 오빠가 웃으면 다들 수그러들었다. 그게 익숙했고 그래야만 하는 사람이었다.

"정말 미안하다, 야. 내가 듣기에는 네가 말한 일들이 하나같이 다 너무 큰 사건처럼 느껴져서 말이야. 만약에 주변에 그런 일을 겪는 사람이 있다면 다들 그냥 지나치지 않을 텐데. 네가 모든 여자들의 일상이라고 말하니까 내가 느끼기엔 너무 말도 안 되는 일인 것 같아서 그랬어."

"맞아, 말도 안 되는 일인데 그게 일상이야. 그냥 살아가는 건데도 매일매일이 사건이야. 그런데 오빠 생각보다 세상은 더 무심하기 때문에 바뀌는 것이 없어. 그래서 어쩔 수 없이 그렇게 참고 살아가는 거야."

"그걸 왜 참아?"

"그러면 어떻게 해? 그냥 죽어?"

"야, 그런 말이 아니잖아. 너 왜 이렇게 날카롭게 구냐. 내 말은, 참지 말고 그런 무심한 세상을 변화시켜야 하지 않냐! 이런 얘기지. 그렇게 살면 너무 힘들잖아."

진지하게 주먹을 쥐며 영웅적인 어투로 말하는 그의 모습에 나는 웃음이 터져버리고 말았다. 장시간 터치하지 않은 탓에 그가 '여자'라고 적어놓은 태블릿 PC 화면이 꺼졌다. 그는 갑자기 소리 내어 웃는 내 얼굴을 물끄러미 바라보았다.

"준영 오빠, 변화라는 게 얼마나 어려운 일인데 그렇게 쉽게 말해? 잘못된 것을 잘못됐다고 말하는 사람들이 여태껏 역사 속에서 어떻게 됐는지 오빠도 알잖아. 감히 그런 말을 꺼냈다고 고문당하고 몰살되기 일쑤였어. 지금도 그래. 목숨을 담보로 해야 하는데, 왜 잘못한 사람들을 혼낼 생각은 안 하고 나보고 변화를 시키래? 차별당하고 희롱당하는 것도 난데, 변화도 내가 시켜야 해?"

"그런 뜻으로 한 말은 아니었어. 미안하다."

그는 금세 사과했지만 더는 편한 눈빛이 아니었다. 그가 지니는 특유의 부드러운 미소도 잃은 채였다. 나는 내가 그의 기분을 상하게 했다는 사실에 마음 한편이 불편했지만 그렇다고 해서 사과를 하거나 그의 기분을 풀기 위해서 노력하지 않았다. 내가 용기 내어서 말한 이야기들을 농담 취급하며 내 기분을 상하게 한 것은 오히려 그였다. 나는 그의 사과를 받을 자격이 있는 것이다.

어째서인지 나는 늘 내가 상대방으로 인해 기분이 상하는 것은 당연하게 참아왔고 반대로 내가 맞는 말을 하더라도 상대방이 인정하기 싫어하거나 기분이 나빠진 것처럼 보이면 어떻게든 상대방의 기분을 풀어주려고 노력해왔다.

그래야만 한다고 배워왔기 때문인지도 모른다. '여자'이기 때문에 나는 자의든 타의든 남의 기분을 살피는 역할을 늘 맡아야 했다. 특히 그 상대가 남자라면 그건 더욱 중요한 일이다. 내가 눈치껏 상대방의 기분을 살펴서 나긋하고 부드러운 반응을 보이지 않는다면 상대방이 내게 어떤 공격적인 행동을 취할지 모르기 때문이다.

"사실 나도 나름대로 요즘 페미니즘에 대해서 공부하고 있는데, 아직 모르는 게 많은 것 같다. 이래서 내가 여자를 주인공으로 설정하기가 어려웠다니까? 그러니까 네가 나 좀 도와줘라, 응?"

그는 금세 평정을 되찾은 듯이 다시 몸을 앞으로 숙이며 친근하게 말을 걸었다. 그의 입에서 낮은 목소리로 흘러나오는 '페미니즘'이라는 단어가 무척이나 멀게 느껴졌다. 나는 그런 용어에 대해서는 깊이 생각해본 적이 없었다.

최근 인터넷 검색어 순위에서 나도 몇 번인가 발견한 적이 있을 정도로 많이 회자되는 용어라는 것은 안다. 사람들 사이에 새로운 의식처럼 페미니즘에 대한 이야기가 조금씩 퍼져나고 있는 것 같다는 분위기는 느꼈지만, 아직도 내게는 머나먼 미래에서 온 인공지능 로봇의 이름마냥 낯설었다. 정작 내가 겪고 있는 일상에서는 흔적도 찾아보기 힘든 것이었기 때문이다. 그는 당당하게 가슴을 펴고 말했다.

"여자들이 연약하다고 해서 우습게 여기는 놈들이 있을 수는 있어. 그래서 불쾌한 일을 겪기도 하겠지만, 그렇다고 모든 남자들이 그럴 거라고 멋대로 추측하고 경계하면 안 돼. 그렇게 살면 너무 피곤하잖아. 안 좋은 기억은 되도록 잊어버리려고 노력해봐. 네 말대로 세상을 변화시키는 게 쉬운 일은 아니니까. 천천히 다 같이 노력해봐야지. 여자가 등장하는 시나리오를 쓰는 것도 그런 일의 일환 아니겠어?"

"여자들이 연약하다고?"

"상대적으로 남자보다는 약하다는 얘기지. 그러니까 그런 무서운 일을 겪는 거잖아. 솔직히 남자는 그런 일 없거든."

그는 잠시 생각하듯 입을 다물었다가 다시 말을 이었다.

"아, 물론 술이 떡이 되게 마시면 소매치기나 퍽치기의 위험이 있기는 하지. 근데 그게 다야. 맨 정신인 남자한테는 감히 못 그러지!"

나는 '감히'를 강조하듯이 강하게 발음하는 그를 가만히 바라보았다. 대학시절, 그는 왜 그렇게 인기가 많았을까.

교내 체육대회에서 모든 구기 종목의 주장이 되어 경기에 나가던 준영 오빠는 자신을 동경의 눈빛으로 바라보는 여학생의 어깨에 제 점퍼를 둘러주곤 했다. 관객석에서 자신을 바라보는 사람들 중에 매번 다른 여자 후배에게 공평하게 점퍼를 덮어주었다. 무거운 상자를 옮겨야 할 때나 게임 중에 벌주를 마셔야 할 때에도 늘 여학생들을 대신해서 자신이 도맡았다.

"여자들은 연약하잖아. 아껴줘야지."

그런 말을 자주 버릇처럼 내뱉었다. 아마도 그런 말을 자주 하는 것이 그의 인기에 영향을 끼쳤을 것이다. 그 시절의 나조차도 그런 식의 말을 로맨틱하게 느꼈다. 드라마 속의 남자 주인공이 그러듯이 여자를 보호하고 마냥 어린아이처럼 대하는 태도가 옳고 멋지다고 생각했던 것이다. 그는 장난치는 상대에게 약이 오르거나 화가 날 때에도 습관처럼 웃으면서 말했다.

"아우, 여자니까 내가 봐준다!"

내게도 그런 말을 한 적이 있었다. 그때의 나는 웃었던가. 그에게 특별대우를 받는 느낌이었다. 그걸 여자의 특권쯤으로 생각했던 것인지도 모른다. 그러나 지금의 나는 더 이상 그와 마주 앉아서 대화하고 싶지 않았다. 그는 나를 비롯한 모든 여자들에게 친절을 베푸는 것이 아니다. 자신과 동등한 '인간'으로 대할 줄 모르는 것뿐이다.

"만약에 내가 이번에 쓰는 시나리오로 유명한 영화감독이 되면, 인터뷰할 때 네가 도와줬다고 꼭 언급해줄게. 나는 말이야, 세상 모든 약자들의 대변가가 되고 싶다. 여자도 당연히 포함이고, 약자들을 위한 영화를 만들 거야. 비록 전공자도 아니고, 문하생 생활도 이제 고작 삼 개월이지만, 노력하면 안 될 게 뭐가 있겠어?"

나는 마지못해서 고개를 끄덕여주었다. 노력하는 사람을 비웃고 싶지는 않다. 하지만 환하게 웃는 그의 얼굴을 회의적인 시선으로 보게 되는 것은 어쩔 수가 없다.

그는 세상에 안 될 것이 없다는 응원을 들으며 자라왔을 것이다.

내가 의자에 앉을 때조차 두 무릎을 꼭 붙이고 앉아야 하는 것을 배우고 치마 속에 속바지를 받쳐 입지 않은 것으로 혼이 날 때, 그는 들판을 뛰어다니고 아무렇게나 다리를 벌리고 바닥에 앉아 흙장난을 쳤을 것이다. 어떤 터무니 없는 장난을 쳐도 모험심이 강하고 남자다운 성격인 것으로 무마되었을 것이다. 어쩌면 도리어 칭찬을 받았을지도 모른다.

그가 해도 되는 일, 할 수 있는 일들은 셀 수 없을 정도로 많고 많다. 반대로 세상에는 여자로서 내가 하면 안 되는 일이 너무나도 많다. 함부로, 감히, 주제넘게, 버릇없이 여자가 하면 안 되는 일 속에서 나는 그의 말처럼 연약한 존재일 뿐이다. 내 주변을 테두리 치고 있는 투명한 울타리 안에서 나는 점점 말라가는 식물 같았다.

"오늘 이런저런 얘기 들려줘서 고맙다. 저녁 먹고 갈래?"

"아니, 할 일도 있고 이만 일어날게."

"그럴래? 역까지 데려다줄게."

"괜찮아. 혼자 갈게."

거절에 익숙하지 않은 그는 가방을 들고 일어났다가 엉거주춤한 자세로 멈췄다. 나는 먼저 자리에서 일어섰다. 그는 어색하게 손을 흔들며 인사했다.

카페에서 나와 역을 향해 걸어가면서 나는 습관적으로 뒤를 돌아보았다. 젠틀맨 때문에 생긴 버릇이었다. 스무 살 때도 강박적으로 주변을 살피며 걷곤 했다. 열아홉 살 때 빗속에 나를 멈춰 세운 남자에 대한 기억 때문이었다.

내 곁을 지나가는 행인들은 멈춰 선 나를 아랑곳하지 않고 내 옆을 피해서 각자의 방향으로 흘러가듯 지나갔다. 나를 응시하는 사람은 아무도 없었다. 그제야 나는 이어폰을 낀 채로 노래를 들으며 에스컬레이터를 타고 지하철 입구로 들어갈 수 있었다. 고개를 숙여 운동화를 내려다보며 걷다가 스크린 도어 앞에 멈춰 섰다.

'사랑받는 여자의 자신감! 이쁜이 수술로 시간을 되돌릴 수 있습니다! 다시 소녀처럼 첫사랑에 빠져보세요. 처녀막 재생 전문 여성 의원 우먼이즈플라워가 당신과 함께합니다.'

광고판에는 꽃을 물고 있는 여자 모델이 눈을 감은 채 몸을 감싸고 있는 포즈로 행복한 듯 미소 짓고 있었다. 그녀의 긴 속눈썹을 물끄러미 바라보고 있다가 등 뒤에서 불쑥 고개를 들이민 노인의 얼굴에 놀라 물러섰다.

"뭐예요? 왜 그러세요?"

"요즘 것들은 하여간, 예의가 없어!"

그제야 내가 서 있는 자리에 노약자석이 포함된 칸을 표시한 심벌마크가 새겨져 있는 것을 발견했다. 그렇다고 해서 내가 그 자리에 줄을 설 수 없는 것은 아니었지만 불편한 시선으로 쏘아보며 지팡이를 짚어 내 앞쪽으로 끼어드는 노인의 태도에 나는 자리를 피했다. 옆쪽의 다른 광고판 앞에 다시 줄을 섰다.

'왕이시여, 부디 이끌어주십시오. 당신의 영원한 노예가 되겠나이다. 시작하라! 오직 당신을 위한 은밀한 모험, 새로운 모바일 롤게임, 어메이징 킹덤. 지금 접속하세요!'

게임 광고판이 움직이며 빛을 냈다. 시시각각 변하는 광고판 화면 안에서 방패로 겨우 알몸을 가린 여자 캐릭터가 무릎을 꿇고 앉아 화면을 바라보며 웃고 있었다. 미처 가려지지 못한 가슴으로 긴 머리칼이 흘러내려와 봉긋하게 솟은 유두 부근을 덮었다. 가녀리고 마른 상체로는 절대 지탱할 수 없을 만큼 커다란 가슴이 묵직한 물풍선처럼 과장되게 그려져 있었다.

나는 눈살을 찌푸리다가 엄마로 보이는 여자의 손을 잡고 있는 네다섯 살 정도의 어린아이를 보았다. 아이는 광고판을 올려다보며 빠르게 지나가는 광고 글자를 읽으려고 노력하고 있었다.

"당… 신의… 영원… 한… 노…예가……"

그 순간에도 알몸의 여자 캐릭터는 무릎을 꿇은 채 눈을 깜빡이며 아무것도 모르는 순진무구한 아이마냥 웃고 있었다. 나는 부끄러워져 고개를 돌렸다. 그때 휴대폰에 진동이 왔다.

'혹시 오늘 기분 나빴던 건 아니지? 다음에 진짜 맛있는 거 사줄게, 또 보자!'

문자 끝에는 웃는 모습의 이모티콘이 붙어 있었다. 나는 그가 악의를 가지고 내 불편한 삶의 이야기를 비웃은 게 아니라는 것을 알고 있다. 그는 정말 그런 여자들의 삶에 대해 조금도 몰랐을 뿐이다.

준영 오빠는 앞으로 여자들의 삶에 대해서 진지하게 고민하게 될까. 그는 주변의 어떤 여성도 이런 이야기를 그에게 털어놓지 않았다고 말했다. 그건 그가 이런 일들에 관심을 기울이고 이해해줄 거라는 기대를 하지 않았기 때문이 아닐까.

그가 준비 중인 단편영화 속에서 여자 주인공은 어떤 모습의 인간으로 비쳐질지 궁금해졌다. 마냥 상냥하게 웃는 꽃이거나 누군가를 유혹하는 성적인 인형으로 표현되지는 않기를. 부디 내가 그에게 해준 이야기들이 그의 생각을 변화시키는 계기가 되어주기를.

플랫폼으로 지하철이 들어오고 있었다. 빠르게 지나가는 지하철이 스크린도어를 어둡게 해 내 얼굴이 비쳤다. 지친 표정으로 앞을 응시하고 있는 내 얼굴은 핏기 하나 없이 하얗게 질려 있지만 입술만은 짙고 붉은 립스틱이 칠해져 있었다.

집 밖에서 누군가를 만날 약속이 있을 때에는 어김없이 화장을 했다. 스무 살 이후로는 그것이 공중도덕처럼 당연한 일이라고 여겼다. 회사를 다닐 때에도 피로로 인해 부르튼 입술 위에 립스틱을 발랐다. 쓰라린 통증은 참다 보니 차라리 익숙했다.

"얼굴이 왜 그래요?"

회사를 그만두기 얼마 전, 몸살이 나서 화장기 없는 얼굴로 회의실에 들어섰을 때였다. 내 얼굴을 흘깃 쳐다보며 불쾌한 표정으로 묻는 상사의 눈빛에 부끄러워져 고개를 숙였다. 화장을 하지 않았을 뿐인데 왜인지 옷을 입지 않은 것처럼 타인의 시선이 당황스럽고 두려웠다.

"어디가 아프면 반차를 쓰든가. 그렇게 퀭한 얼굴로 뚱하게 앉아 있으면 다른 사람들 사기 떨어지는 거 생각 안 해? 젊은 여직원이 그러고 있으니까 과장님이 팀에 무슨 문제 있냐고 물어보시잖아. 화장이라도 좀 해서 안색을 가리든 하지, 참."

"죄송합니다."

나는 기어들어가는 목소리로 그렇게 말하며 고개를 숙였다. 화장실에 들어가서 소리 죽여 울고 나오니 얼굴이 붉게 부어서 상한 자두처럼 변해 있었다. 나는 아파서 안색이 좋지 않은 것도, 화장을 하지 못한 것도, 전부 내 잘못인 양 괴로워했다.

"빨리 좀 갑시다!"

지하철 문이 열리자 누군가가 내 등을 떠밀었다. 나는 손잡이를 잡지 못한 채로 인파 한가운데에 끼어버렸다. 한순간 코앞의 사람과 어깨가 달라붙었고 우리는 동시에 고개를 반대쪽으로 돌렸다. 뭔지 모를 불쾌한 냄새가 후덥지근하게 난방된 지하철 안을 떠돌고 있었다. 숨을 참고 싶었지만 속이 답답해서 그럴 수 없었다. 지하철이 흔들렸고 두 발로 겨우 몸을 지탱하고 선 많은 사람들이 이리저리 서로 기대고 밀치듯이 기울었다. 나는 어지러움을 느꼈고 눈을 감았다.

젠틀맨을 직접 만나고 난 뒤, 나는 몇 주째 새로운 영상을 올리지 않았다. 무슨 일이 있냐고 묻는 댓글들이 많았지만, 나는 아무런 공식적인 대답도 하지 않았다. 그 댓글들 속에서도 젠틀맨이 숨어서 나를 비웃으며 노리고 있을 것 같았다.

신도림역에서 자동 출입문이 열리자, 묵직한 비닐봉투의 밑부분이 터진 것처럼 열린 문으로 사람들이 쏟아져 나갔다. 그 과정에서 몸이 밀쳐져 불쾌한 듯 얼굴을 찌푸리는 사람들이 많았다. 드문드문 빈자리가 났고 나는 내 앞의 빈자리에 앉았다. 좁은 문 사이로 다시 많은 사람들이 쏟아져 들어왔다. 그리고 조금 전처럼 빽빽하게 지하철 안을 메웠다. 겨우 자리에 앉은 내 무릎을 누군가 툭툭 쳤다.

"학생, 좀 비켜."

"네?"

"눈치가 없는 거야, 뻔뻔한 거야? 어른이 서 있는데."

머리카락을 새까맣게 염색한 노인은 허리를 곧게 세운 채로 나를 내려다보며 비키라는 손짓을 하고 있었다. 내가 앉아 있는 자리는 노약자 지정석이 아니었다. 옆을 보자 긴 좌석에서 나를 제외한 다른 승객들은 전부 남성이었다. 양복을 입은 나이 지긋해 보이는 중년 남성도 있었지만 이삼십 대의 젊은 남자들도 앉아 있었다. 이어폰을 꽂고 있거나 무료한 표정으로 앞을 보며 다리를 벌려 앉은 남자가 내 옆에 둘이나 있었다. 그러나 노인은 정확히 내 앞에 서서 나를 빤히 노려보았다. 마치 노인의 눈에 노약자가 아닌 사람은 나밖에 없다는 듯이.

준영 오빠의 웃음기 섞인 목소리가 떠올랐다.

'에이, 설마. 네 망상인 건 아니고?'

이런 일이 망상이라고? 나에게 일어나는 이 모든 일이 망상이란 말이야?

노인은 계속해서 헛기침을 하며 은근슬쩍 내 무릎을 건드렸다. 이럴 때에 내게 주어지는 선택지는 두 가지밖에 없었다. 꾹 참고 수모를 당하거나 신속히 자리를 피하는 것.

결국 나는 가방을 쥐고 자리에서 일어섰다. 노인은 자리를 양보해줘서 고맙다는 말은 하지 않을 뿐만 아니라 내가 뒤늦게야 일어난 것이 괘씸하다는 듯 계속해서 나를 위아래로 훑으며 노려보았다. 나는 그 노인과 싸울 마음도 없을뿐더러 낯선 사람에게서 느껴지는 악의에 마음이 불편해서 옆쪽으로 최대한 움직여 노인의 시

선에서 벗어났다. 그리고 주머니에서 이어폰을 꺼내 음악을 듣기
시작했다.

"저기요…… 왜 이러세요."

"아이고! 자리가 좁아서. 미안합니다, 아가씨."

"지금… 일부러 그러신 거잖아요."

가까운 곳에서 다투는 소리가 들려오는 것 같아서 이어폰을 뺐
다. 고개를 들어보니 내 대각선에 서 있는 여자가 등 뒤를 돌아보며
속삭이는 목소리로 항의하고 있었다. 여자의 등 뒤에 서 있던 중년
남성은 여자의 말을 듣더니 헛웃음을 지으며 일부러 주변 사람들
에게 들리도록 쩌렁쩌렁한 목소리로 크게 말했다.

"허, 가만있는 사람을 변태로 몰아세우네? 아가씨! 사람 많아서
좀 스칠 수도 있는 걸 뭘 그렇게 예민하게 굴어요?"

"……실수로 스친 거 아니잖아요. 아까부터 계속 그러셨잖아요."

여자는 주저하다가 아까보다는 조금 큰 목소리로 중얼거렸다.
중년 남성은 주변을 둘러보며 태연한 목소리로 말했다.

"내가 뭘 어쨌는데?"

사람들의 이목이 집중되자 여자는 입을 다물고 대답을 망설였
다. 빽빽하게 승객이 들어찬 칸 안이 순식간에 조용해졌다. 모두 귀
를 기울이고 있었다. 지루하게 앞만 보며 서 있던 사람들에게 시간
을 때울 작은 소동이 벌어진 것이다. 내 자리를 빼앗아 앉은 노인
은 고개를 빼고 이리저리 주변을 살피고 있었다.

여자의 대답은 결국 들려오지 않았다. 지하철 안은 다시 레일 위

를 달리는 지하철 소음으로 가득 찼다. 다음 역에서 지하철 문이 열리고 몇 명이 내렸지만 아직도 지하철 안은 발 디딜 틈 없이 사람으로 가득 찬 찜통이었다. 피로감에 뒷목이 뻐근해진 나는 어깨에 힘을 빼며 스트레칭 하듯이 고개를 숙였다.

그리고 그때, 나는 중요한 장면을 목격하고 말았다. 여자의 청바지 곁을 더듬거리는 누군가의 손등을 보았다. 손등은 뒤집혀서 손바닥이 되었고, 조금씩 더 과감하게 여자의 엉덩이 부근 위를 둥글게 비비듯이 움직였다.

나는 놀라서 반사적으로 고개를 들었다. 여전히 지하철 안은 지루할 만큼 평화로운 공간이었다. 사람들의 표정은 지루함과 피로 사이에 정체되어 있었고 스마트폰 화면을 응시하는 사람이 대부분이었다. 승객들로 가득한 대중교통 속에서 아무도 눈치채지 못한 성희롱이 공공연하게 벌어지고 있는 것이다.

나는 마른 입술을 축이며 침을 삼켰다. 할 수만 있다면 이 자리를 당장 벗어나고 싶었다. 그러나 다음 역에 정차할 때까지는 옴짝달싹 못하는 상황이었다. 나는 내가 이 일에 개입할 필요가 없다는 것을 스스로에게 납득시키려고 노력했다.

나는 왜소하고 목소리도 작은 편이다. 그 상황에 내가 할 수 있는 일은 없을 것이다. 아마 다른 누군가도 발견했을 수 있다. 누군가가 그녀를 도와줄 것이다. 그런 생각들을 마음속에서 되뇌며 실수로라도 고개를 숙여 그 장면을 다시 목격하지 않도록 고개를 빳빳하게 들고 있었다.

'꼭 내가 아니어도 되잖아? 그리고 당사자인 저 여자도 아무 말

안 하고 있는데, 내가 뭐라고 할 수 있겠어? 이제 몇 분만 기다리면 다음 역에 정차하고 문이 열릴 거야. 그때까지 조용히 있자.'

마음속의 내가 그렇게 비겁하게 생각하길 몇 초, 나는 불쑥 내 붉은 우산을 떠올렸다.

수능이 끝난 열아홉, 처음 데이트. 그날의 비 오는 거리에서 나는 검은 우산을 쓴 괴한과 단둘이 서 있었다. 그때의 그 절망적이고 막막한 기분은 다시는 떠올리고 싶지 않다. 만약 그때 옷 수선 가게 주인이 나를 발견하고 내게 말을 걸지 않았다면 나는 어떻게 되었을까. 아무도 나를 발견하지 못했더라면, 지금 나처럼 누군가 보고도 그냥 지나쳐갔다면?

그리고 연희를 떠올렸다. 동거하는 남자 손에 두들겨 맞고 쫓겨난 밤, 떨리는 손으로 나에게 전화를 했을 연희에게 나는 아무런 도움을 주지 못했다. 나는 연희의 팔에 멍이 든 것을 알고 있었다. 조금 더 빨리 그 애에게 도움을 줄 수도 있었다. 잠든 척하고 있던 그날 밤, 내가 일어나서 연희의 이야기를 들어주고 함께 그 애가 벗어날 방법을 찾았더라면 연희는 더 많은 시간을 혼자서 두려워하지 않아도 되었을 것이다.

중학생 시절, 여름날의 운동장에서 들었던 미용실의 고백. 삼촌으로부터 어린 시절을 희롱당하고 상처 입은 내 친구도 혼자였다. 아무도 도와주지 않았다. 만약 그때 누군가가 그 애의 울음소리를 듣고 달려왔다면, 그 애의 엄마가 뒤늦게라도 잘못된 일을 알고 사실을 바로잡았더라면, 그 이후로 그 애의 인생은 많은 부분이 달라졌을 것이다.

누군가 한 마디만 해줬더라면, 한 번만 도와줬더라면.

"그 손 치워요!"

찌릿하게 몸을 울리는 내 목소리에 가장 놀란 것은 나 자신이다. 내게도 이런 목소리가 있었던가. 사람들의 시선이 순식간에 내 쪽으로 쏠렸다. 내가 만들어낸 갑작스러운 상황에 마음의 준비가 되지 않아 속이 울렁거렸다. 하지만 이상하게도 후회되지는 않았다. 내 심장 뛰는 소리가 내 옆에 붙어 선 모두에게 들릴 것만 같았다.

"아저씨! 저 여자분 엉덩이에 손바닥 가져다대는 거 내가 지금 다 봤어요!"

나와 눈이 마주친 중년 남성은 마치 모르는 일이라는 듯이 놀란 방청객 같은 표정으로 내 시선을 피해 괜히 자신의 주변을 두리번거렸다. 그러나 내가 본 그 손등을 덮은 청록색 등산복 소매는 분명 그가 입은 것이었다.

"거기, 등산복 입은 아저씨! 하얀 모자 쓴 아저씨, 당신 말이에요! 지금 성추행하신 거예요!"

"허 참, 어디서 생사람을 변태로 몰아? 미친년 아니야?"

"내가 직접 두 눈으로 봤으니까 시치미 떼지 마세요! 아까도 저 여자분이 하지 말라고 했잖아요. 싫다는 사람 엉덩이 몰래 만지는 게 변태 아니면 뭐예요?"

"뭐가 어째? 어린년이 감히, 너 내가 누군 줄 알아?"

"성추행범이요!"

"이 미친년이 진짜 고소당해봐야 정신을 차리지!"

얼굴이 붉게 달아 오른 그 남자가 내 쪽으로 다가오려는 듯이 사람들 사이에서 어깨를 비틀었다. 사람들이 웅성거리기 시작했고 그 때까지 조용히 상황을 주시하던 한 키 큰 청년이 소리쳤다.

"아저씨, 그만하시죠."

청년의 굵은 목소리에 그제야 중년 남성은 수그러들며 숨을 식식 내쉬었다. 소동을 지켜보면서 잠자코 있던 같은 칸 안의 수많은 사람들이 하나둘 말을 던졌다.

"멀쩡하게 생겨가지고."

"뭐야, 더럽게."

"진짜 성추행범이야?"

"경찰서로 데려갑시다!"

"웬일이래."

그 순간부터 지하철 출입문이 열리기를 간절히 기다렸을 성추행범은 문이 열리는 것과 동시에 사람들을 밀치며 급하게 앞으로 나아갔다. 플랫폼에 줄 서 있던 사람들마저 밀쳐내고 저 멀리 뛰어가는 모습이 보였다.

환승역이었다. 내리는 사람들이 타려는 사람보다 훨씬 많아서 겨우 지하철 칸 안이 한산해졌다. 내게도 겨우 몸을 지탱하며 서 있을 수 있는 공간이 생겼지만 다리가 후들거려서 손잡이를 쥐었다. 심장이 세차게 요동치고 있었다. 그때, 차가운 손이 내 팔을 가볍게 잡았다. 팔에 닿는 그 손바닥은 긴장했었는지 후덥지근한 지하철 안에서도 서늘했고 축축했다. 그 찬 기운에 놀라 고개를 들었더니 청바지의 여자가 나에게 눈인사를 건넸다.

"아까는 너무 무서워서…… 아무 말 못했어요. 감사해요."

"저 아저씨 경찰서까지 끌고 갔어야 하는데, 도망가서 어떡해요?"

"괜찮아요. 도와주셔서 너무 감사해요, 정말."

"그래도……."

"저 대신 화내주셔서 감사해요. 속이 좀 풀렸어요."

여자는 내 팔을 꼭 잡고 그렇게 말하며 웃어 보였다. 나도 마주 웃었다.

집 근처에 도착해서 인도를 걷는데 느닷없이 눈가가 뜨거워졌다. 급히 검지로 눈가를 닦아냈지만 역부족이었다. 의연한 척 지하철을 벗어나는 그 순간에도 사실은 주저앉아서 울고 싶었다.

전쟁 같은 일상이다. 저 여자는 내일이 되면 불쾌한 기억을 안고 다시 지하철에 올라타야 한다. 그리고 성추행범이었던 그 중년 남성은 아무렇지 않게 일상으로 돌아갈 것이다. 반성하거나 두려워하지 않고 이번에야말로 정말 아무도 눈치채지 못하게 다시 누군가를 희롱하는 방법에 대해 고안하고 있을지도 모른다.

긴장감이 남아 있는 상태였기 때문에 심장 소리가 잠잠해질 때까지 무작정 걸었다. 그러다 보니 집 근처임에도 불구하고 익숙하지 않은 길이 나왔다. 학창시절 내내 피했던 도서관 앞 대로였다.

언젠가 도서관 앞에서 한 학생이 괴한에게 납치당할 뻔했다는 이야기를 듣고 나서 이 길을 걷는 것이 꺼려졌다. 어쩌면 터무니없는 괴담일 뿐일지도 모르지만 충분히 일어날 법한 일이었다. 그렇기 때문에 내게는 마냥 꾸며낸 이야기처럼 느껴지지 않았다. 나에게는 막다른 골목에서 검은 우산을 쓰고 다가오는 남자가 괴담이 아닌 현실이었기 때문이다.

어디선가 새소리가 났다.

'그래 맞아, 이쪽에 공원이 있었지.'

그대로 걷다 보면 도서관 뒤편에 마련된 작은 공원 하나가 나오는 길이었다. 고등학생 때 이후로는 한 번도 가본 적이 없었다. 어쩐지 오늘은 다시 그 공원에 가보고 싶은 생각이 들었다. 지하철에서의 소동으로 용기가 생긴 걸까. 나를 응원하는 것처럼 바람이 서늘하게 내 어깨를 어루만지고 있었다. 나는 오랜만에 그 공원에 다시 가보기로 결정했다.

공원 한가운데의 분수는 여름철에만 물을 채워놓았기 때문에 분수대는 박물관 안의 조형물처럼 바짝 말라 있었다. 멀리서부터 어린아이의 웃음소리가 들렸다. 노란 운동화를 신고 뒤뚱거리며 뛰어가는 아이 뒤로 유모차를 밀며 아이의 엄마가 따라 걷고 있다. 아이는 두 팔을 벌리고 달려가면서 공원 바닥에 떨어진 과자 부스러기를 주워 먹던 비둘기떼를 쫓아 날려 보냈다.

"워—! 워—!"

"넘어질라! 이리 와, 응?"

아이의 엄마가 아이를 안아 유모차에 앉혔다. 비둘기떼는 방해꾼이 잠잠해지자 다시 하나둘 날개를 접고 분수대 주변으로 안착해서 부리로 연신 바닥을 쪼아댔다.

"웃기지 마, 진짜 내가 그랬어?"

"정말 그랬다니까!"

공원의 산책로 입구에서 트레이닝복 차림의 두 남녀가 뛰어가며 장난을 쳤다. 두 사람은 서로 잡기 놀이를 하는 어린 노루들처럼 경쟁하듯이 가까워졌다가 멀어졌다가 하며 빠르게 뛰어서 커다란 가로수 기둥 사이로 사라졌다.

햇볕이 내리쬐는 나무 벤치 위에 걸터앉은 나는 잠시 눈을 감았다. 특별할 것 하나 없는 일상적인 모습의 공원이 너무 아름다워서 마치 꿈속 같았다. 그러고 보니 어느 선선한 초가을에는 분수대가 보이는 벤치에 앉아서 소설책을 읽은 적도 있었다. 알베르 카뮈의 〈이방인〉이었다. 나에게도 이 공원은 다른 주민들처럼 그저 집과 가까운 쉼터였다.

"여기…… 이렇게 평화로운 곳이었나?"

누군가 나를 해할지도 모른다는 두려움 속에 살면서 내가 잃어버린 것이 무엇인지 분명히 보였다. 아주 사소한 행복, 일상을 채우는 안온한 날들이었다. 홀로 공원을 걸으며 사색하는 그 평범한 산책은, 내가 그렇게도 바랐지만 허락되지 않았던 일상이었다.

여자 유튜버 소리, 딸, 여학생, 여직원, 여자인 나를 어떻게든 괴롭히고 희롱하고 싶어서 주변을 맴도는 그 시선들이 나의 일상을 한 움큼씩 베어 먹었다. 여자인 내가 감히 허락하지 않은 행동을 하거나 거슬리는 말투와 눈빛을 할까 봐, 위협하고 경고하면서 나라는 인간이 설 자리를 좁히려 했다. 내 발을 묶어놓고 나를 옴짝달싹 못하게 만들었다.

'그래서 네가 어쩔 건데? 여자인 주제에.'

'약한 여자인 네가 반격이라도 할 수 있어?'

그렇게 말하는 눈빛들에 여태까지 시선을 피하고 입을 다물고 참아봤지만, 아무것도 변하는 것은 없었다. 그들은 지칠 줄 모르고 세상은 그저 방관할 뿐이었다. 공원 벤치에 앉아서 한참 숨을 고르던 나는, 머릿속을 비우고 생각을 정리했다. 그리고 다시 유튜브 ASMR 채널을 재개하리라 결심했다.

집에 도착하자마자 결심한 대로 라이브 방송을 시작했다. 나의 유튜브 채널을 구독하는 수많은 구독자들에게 내가 지금 실시간으로 방송을 하고 있다는 알람이 갈 것이다. 처음이었다. 실시간으로 진행되는 영상은 한 번도 도전해본 적이 없었다. 갑작스럽게 나의 라이브 방송 알람을 받은 구독자들이 나의 채널 영상에 접속하느라 화면이 느려졌다. 나는 카메라 앵글을 내 얼굴에 맞춰두고 화면을 똑바로 응시했다. 한 번도 내 얼굴을 본 적이 없는 구독자들은 댓글로 질문을 쏟아냈고 댓글창은 터질 것처럼 폭주하고 있었다. 화면에 나오는 얼굴이 누구인지, 본인이 맞는 건지 묻는 질문들과 함께 벌써부터 얼굴 생김새에 대한 평가가 끝없이 나열됐다. 하지만 나는 그런 무례한 시선들에 마음 쓰지 않기로 결심했다.

"여러분, 보이시나요?"

마이크에 대고 내 목소리를 냈다. 내가 모르는 수많은 사람들이 인터넷 창 너머에서 나를 바라보고 있다는 상상만으로도 온몸의 관절이 뻣뻣하게 굳었다. 두려움에 눈가가 뜨거워졌다. 하지만 이미 내가 겪는 모든 일들은 상상이 아니었고 이대로는 안 된다.

"보이시죠? 메일과 댓글로 많은 분들이 궁금해하셨던 저는, 이렇게 생겼어요. 어때요? 못생겼나요?"

댓글에는 소리가 없는데도 생방송 화면 옆으로 빠르게 흘러가는 댓글들의 소란스러운 대답들이 들려왔다.

"그래요. 맞아요. 누가 보기에는 내가 나이보다 늙어 보이거나 매력이 없을 수도 있죠. 예쁘지도 않고 이목구비가 이상하게 생겼을지도 모르죠. 그런데 그게 뭐 어떻다는 거죠? 그게 내 ASMR 방송과 관련이 있나요? 나는 여러분이 편히 들으면서 쉴 수 있는 소리를 녹음해서 들려주고 싶은 사람일 뿐이에요."

수많은 댓글이 댓글창 안을 빠르게 스쳐지나가며 빽빽하게 채워졌다. 여전히 그 사이에는 나를 향한 이유 없는 욕설들이 눈에 띄었다. 나에게는 용기 있는 도전이지만, 내가 나에 대해서 목소리를 내는 것만으로도 그것을 괘씸하게 생각하는 자들이 있다는 것을 안다.

"이게 그냥 나예요. 그리고 제 성별은 여자가 맞아요. 그런데요? 그게 저를 맘대로 평가하고 욕하고 희롱해도 괜찮은 이유가 되나요?"

나를 힐난하는 수많은 댓글들, 그리고 매 초마다 자릿수를 달리하는 실시간 시청자 수를 보면서 나는 마른 입술을 축이고 마음을 가다듬었다. 저 안에 젠틀맨과 같은 사람들이 숨어 있을 것이다. 그렇기 때문에 더 목소리를 내야 한다.

"나에게 할 말이 있다면 여태까지 그랬듯이 마음껏 하세요! 하지만 댓글을 달거나 메일을 보내기 전에 다시 한 번만 생각해보세요. 당신이 나에게 하려는 말을 반대로 내가 당신에게 한다고 해도 기분 상하지 않을 말인가요? 혹시 자신은 남자이기 때문에 몸매나 외모에 대한 기분 나쁜 질문을 받을 일이 없다고 생각해서 웃고 있는 건 아니죠? 여자 이전에 나는 사람이에요. 당신이랑 똑같은 사람! 그냥 한 사람이에요."

그럼에도 내게 욕을 쏟아붓는 익명의 사람들은 멈추지 않고 오히려 더 폭주한다. 그들은 내가 감히, 여자 주제에 감히, 목소리를 냈다는 것에 무척이나 화가 난 듯 보였다. 하지만 그 사이로 '응원합니다.' 하고 말해주는 반듯한 목소리들도 함께 섞여 있었다. 그것만으로도 충분하다고 느꼈다.

"나에게도 나를 아끼고 사랑해주는 사람들이 있어요. 그래서 이제부터는 상처 주는 욕설이나 기분 나쁜 '농담'을 꾹 참지 않으려고 해요. 하지 마세요. 당신 행동은 분명하게 잘못됐어요. 이제부터는 법적으로 대응하려고 합니다."

댓글창을 끝없이 채우며 빠르게 지나가던 비난의 욕설들이 그 말에 조금씩 잦아들었다. 익명의 젠틀맨들이 눈치를 보기 시작한 것이 느껴졌다. 나는 마지막으로 그동안 ASMR 영상을 올리지 못한 것에 대해 정중하게 사과하고 라이브 방송을 마쳤다.

카메라를 끈 뒤에도 한참 동안 손끝이 벌벌 떨렸다. 하지만 마음만은 후련했다. 어쩌면 앞으로도 아무것도 바뀌지 않을지 모른다. 수많은 익명의 젠틀맨들에게 더욱더 거센 괴롭힘을 당할지도 모를 일이다. 하지만 확실한 것은, 입을 다물고 뭐든 꾹 참기만 하는 나와 고개를 들고 떳떳하게 내가 하고 싶은 말을 할 줄 아는 나는 전혀 다른 차원의 사람이라는 것이다. 내가 바뀌면 나를 둘러싼 공기가 달라진다.

그날 밤, 나는 아주 오랜만에 아무런 백색소음도 들리지 않는 고요한 방 안에서 깊은 잠에 빠져들었다. 내가 나인 것, 그것만으로도 만족하는 밤이었다.

'잘했어, 아주 잘했어.' 마음속의 내가 나에게 속삭였다.

〈끝〉

지난해 나는 서른이었고 내 인생은 엉망진창인 것 같았다.

예기치 못하게 장편소설 출판 여부가 불투명해졌고, 아르바이트를 전전하며 서른 살의 겨울과 봄을 지나고 여름과 가을을 견뎠다. 아무에게도 말하지 않았지만, 내 마음은 옥상에 걸린 채 누군가 잊어버린 빨랫감이었다. 거센 바람에 정신없이 나부꼈고 이따금 젖었으며 그대로 다시 말라 구겨진 자국이 남았다. 웃는 순간에도 늘 조금은 불행하다고 느꼈고, 말 그대로 '되는 일이 없었다'.

무너진 나를 다시 일으켜 세우길 반복하는 일상은 어찌 보면 매년 같았는데, 왜인지 지난해는 유독 괴로웠다. '서른'이 나에게 족쇄였는지도 모른다.

결혼을 해야 하는 게 아닐까?

생계를 이끌어줄 탄탄한 직업이 있는 것도 아닌데, '서른의 여자'가 이렇게 직장도 애인도 없이 사는 것은 초라하고 안타까운 일이 아닐까?

여러 고민의 끝에는 결국 그런 고리타분한 생각들이 걸렸다.

"시대가 어떤 시대인데? 옛날도 아니고 여자라고 해서 서른 살인

게 무슨 족쇄가 되겠어? 요즘 그런 사람이 어디 있어?"

그렇게 물을지도 모르겠다.

집 밖을 나서면 나는 사냥감 혹은 먹잇감이 된 것 같다.

나는 누군가의 눈에 탐스러우면 따 먹어도 되는 과일이고, 누군가의 눈에 못나면 짓밟고 비웃고 욕해도 되는 인형이다. 택시를 탔을 때에는 운전수에게 무시당하거나 성추행당하는 것을 염려해야 하고, 공중화장실에서는 바지 지퍼를 내리기 전에 화장실 칸막이 안을 살피며 수많은 익명의 남성들이 내 치부를 몰래 촬영해서 돌려보지 않을까 매번 두려워해야 한다.

사회의 눈에 아름다운 여자는 아름답기 때문에, 못나 보이는 여자는 못났기 때문에, 그들로부터 유린당한다. 성추행과 성폭행에 대한 이야기를 어렵게 꺼내도, 달라지는 것은 없다. 오히려 호기심 섞인 눈으로 뒤틀린 욕망을 숨기지도 않고 드러내며 그런 두려운 경험을 가십거리로 소비하고 흥미롭게 여기는 사람들이 많다.

여자가, 여자답게, 여자가 말이야!

그놈의 '여자' 소리…….

"요즘 그런 사람이 어디 있어?"

아주 많이 있다.

어쩌면 '평등'은 영영 꿈 같은 일인지도 모른다. 그래도 지나치게 기울어 있는 기형적인 저울추를 조금 움직이려는 노력은 해볼 수 있지 않을까?

평등은 상대방을 이해하려는 노력에서 시작된다. "네까짓 게 감히 뭘 지껄여?" 하며 상대방의 말을 자르지 않고, 귀 기울여 들어보려는 것만으로도 충분하다.

나는 확신한다. 우리는 분명 더 좋은 쪽으로 달라질 수 있다.

우리는 이미 달라지고 있다.

2019년 1월

손솔지